Tot BDSM

Trilogia Xef Sumisa

Erika Sanders

Tot BDSM
Trilogia Xef Sumisa
de
Erika Sanders
sèrie
Tot BDSM

Sinopsi

Consta de les següents novel·les:
Xef Sumisa 1
Xef Sumisa 2
Xef Sumisa 3

Tot BDSM és una novel·la de fort contingut eròtic BDSM i, alhora, una nova novel·la pertanyent a la col·lecció **Dominació i Submissió Eròtica**, una sèrie de novel·les d'alt contingut BDSM romàntic i eròtic.

(Tots els personatges tenen 18 anys o més)

Nota sobre l'autora:

Erika Sanders és una coneguda escriptora a nivell internacional, traduïda a més de vint idiomes, que signa els seus escrits més eròtics, allunyats de la seva prosa habitual, amb el seu nom de soltera.

índex:

ERIKA SANDERS

TOT BDSM
TRILOGIA XEF SUMISA
ERIKA SANDERS

XEF SUMISA

13

PRIMERA PART
CONSENTIMENT MUTU

15

CAPÍTOL 1

La carta va ser una benedicció.

Tot just podia contenir les llàgrimes.

Cristina acabava d'acabar els estudis culinaris i el seu nou negoci de càtering tenia un començament difícil.

Es va quedar dret al seu petit departament i va revisar cada paraula de la carta escrita a mà.

Estimada Cristina,

Espero que aquesta carta us arribi. Perdona'm, però no faig servir el correu electrònic. I generalment no m'agraden les trucades telefòniques. Estic passat de moda.

Sóc conegut de la teva mare. Ens vam conèixer breument a la festa d'un amic mutu fa unes quantes setmanes. La teva mare va esmentar casualment el teu negoci de càtering diverses vegades. Ho vaig pensar i sona interessant. Mai he contractat un proveïdor de càtering abans.

Si estàs interessada en un nou client, contacti'm i potser podrem arribar a un acord. Sóc un cuiner terrible. I vaig sentir que ets molt bona.

Els meus millors desitjos i bona sort amb el teu negoci,
Paul

Finalment, va pensar ella. La bona sort començava a venir pel camí.

CAPÍTOL 2

Una setmana després.

Cristina conduïa pel ric veïnat al seu vell i atrotinat automòbil.

Clarament cridava l'atenció, però no li feia res.

Estava feliç de ser en aquest veïnat per a un possible treball potencial.

Va aparcar a l'entrada de la direcció que li havien indicat.

No tenia idea de com es veia en Paul.

La seva única interacció real va ser una breu trucada telefònica per organitzar la reunió.

Cristina va trucar a la porta.

Va respondre una anciana negra.

La dona duia un vestit de serventa.

La dona va romandre estranyament callada mentre es miraven.

"Hola", va dir Cristina matusserament. "Sóc aquí per veure Paul".

L'anciana negra va assentir.

"Entre per aquí."

Cristina va entrar i la criada va tancar la porta.

La criada la va conduir per les escales d'una casa força gran.

Cristina va mirar al seu voltant amb ulls plens d'enveja.

Tot era antic, fosc i rústic.

Hi havia antiguitats per tot arreu.

Pintures clàssiques s'exhibien a les parets.

Van arribar a un passadís i la criada va obrir una porta després de tocar primer.

Cristina va entrar, després la criada se'n va anar.

Era una sala d'oficina.

Paul estava assegut darrere del seu escriptori treballant.

Era un home guapo d?uns 40 anys.

Tenia una expressió a la cara com de pedra que era impossible de llegir.

La seva cara era perfecta per al pòquer.

El seu rostre va romandre inexpressiu.

"Si us plau, pren seient", va dir.

Cristina estava intimidada per la seva presència i per la seva manca d'experiència empresarial.

Mai abans no havia tancat un tracte.

Ella es va asseure davant del seu escriptori.

"Has de ser nova en aquesta línia de treball", va dir.

"Per què dius això?"

"Vaig poder sentir el teu nerviosisme quan vas entrar. Hauries d'intentar relaxar-te. Tranquil·la, estic per ajudar-te en allò que necessitis".

Ella va esbossar un somriure incòmode.

"Ho tindré en compte."

"Està bé. Ara explica'm sobre el teu negoci de càtering."

"Bé, encara és força nou", va dir després de pensar-ho una mica. "Puc preparar menjars per satisfer les seves preferències específiques. Si necessiteu càtering per a una festa, puc contractar persones addicionals. Tinc molts amics de l'escola culinària".

"Això no serà necessari. Prefereixo que treballis sola. Hi ha menys problemes d'aquesta manera".

Cristina va assentir amb el cap.

"Suposo que vius sol i vols que et prepari els àpats".

"Molt astuta".

"Teníes un acord específic en ment?"

"Això depèn", va respondre Paul. "Estàs ocupada?"

Ella li va fer un somriure avergonyit.

"Al contrari. Ets el meu primer client real. He fet petites coses aquí i allà. Principalment per a amics de la meva mare que m'estaven fent un favor".

"Vols un consell comercial gratuït? Mai revelis una debilitat. No sona bé".

"Oh, és clar. Ho recordaré".

"Quant a un acord", va respondre Paul. "Podries preparar-me els àpats? Dinar i sopar".

"És clar. Això no serà un problema".

"Excel·lent. M'agradaria que m'entreguessin els àpats a casa meva a les 11:30 del matí en punt. De dilluns a divendres".

"Per descomptat", va assentir ella.

"Aquest acord, com a mínim, durarà els propers mesos. Qualsevol de nosaltres té l'opció de cancel·lar l'acord en qualsevol moment. Entès?"

"Sí, entenc."

"Excel·lent."

"Tens alguna preferència pels menjars?" Cristina va preguntar. "Les meves especialitats inclouen francès, italià i diferents estils d'Àsia..."

Va sacsejar el cap.

"Això no importa. Només porta-la a temps".

"Bé."

"Ara discutim els números. Com et sonen 100 dòlars per dia? És just?"

Els ulls de Cristina es van obrir.

La feina i la quantitat oferta era molt més del que esperava.

Es va adonar que devia semblar una ximple amb una expressió de cadelleta a la cara, així que va recuperar les maneres.

"Això sona raonable", va respondre amb calma. "Si, està bé."

"Llavors està arreglat. Pots començar demà?"

"No hi ha problema. Però estàs segur que no vols tastar la meva cuina primer?"

"Francament, no m'importa el sabor del menjar. Vas anar a l'escola culinària. Això per mi és prou bo. No vull preocupar-me pel menjar mentre estic treballant".

Cristina va assentir amb el cap.

"Està bé. Entenc. Et puc preguntar què és el que fas? La teva casa és bella. M'encanta l'ambient rústic".

"He fet diverses coses a la meva vida. Aquests dies sóc comerciant d'art. També tracto amb antiguitats rares. De moment, m'estic centrant en els meus escrits".

"Què escrius?" ella va preguntar.

"Unes memòries. No pretenc ser algú famós o important. Però tinc algunes històries per compartir. Seria una pena que ningú les escoltés. També estic treballant en alguns llibres de ficció".

"Oh, sona interessant. Potser els podrà llegir algun dia. M'encanta llegir biografies i memòries".

Paul va esbossar un lleu somriure.

"No crec que t'interessi".

"Per què no?"

"És una suposició. Però qui sap? A vegades m'equivoco sobre aquestes coses".

"Està bé", Cristina va assentir matusserament.

Paul es va aixecar i va caminar cap a Cristina.

Ella va entendre i es va posar dreta també.

Paul era gairebé un peu més alt que ella.

El seu físic s'alçava sobre el cos prim i petit de Cristina.

Ell va estendre la mà i es van donar una encaixada de mans.

"Oficialment tenim un tracte", va dir. "Espero la primera sèrie de menjars demà a les 11:30 del matí. No arribis tard. No tolero la desobediència".

Ella va empassar saliva.

"Sí senyor."

CAPÍTOL 3

Cristina seguia impressionada per la reunió amb Paul.

Es va ficar al llit al llit i va mirar al sostre.

L'oferta semblava massa bona per ser veritat.

Era gairebé increïble.

Però temia que hagués estat una broma cruel, pensava.

Va aixecar el telèfon i va trucar a la seva mare.

La seva mare sempre responia les trucades en uns quants tons.

Quan va contestar al telèfon, Cristina no va perdre el temps i els ho va explicar tot.

No es va escatimar cap detall.

Cristina li va explicar a la seva mare tot sobre l'oferta i totes les sensacions que va tenir en conèixer Paul.

"Això és meravellós", va respondre la seva mare.

"Ho sé. És una cosa boig, oi? Però no creuré res d'això fins que els seus diners estiguin a la mà. Fins llavors, imagino el pitjor".

"Concentra't en pensaments positius, Cristina. El teu negoci finalment s'està enlairant".

"Això espero. Vull dir, ¿100 dòlars al dia per dos àpats? Fins i tot si m'acomiada la setmana que ve, encara m'alegraré d'haver guanyat tants diners".

"Jo no em preocuparia per això".

"Què vols dir?" Cristina va preguntar.

"Aparentment, Paul té bones reserves econòmiques".

"Em vaig adonar. Casa seva era com un museu".

"Aquí ho tens. No has de preocupar-te que les seves finances s'acabin. Només mantingues-ho content amb excel·lents menjars, excel·lent servei i no arribis tard".

"Què saps sobre aquest tipus?" Cristina va preguntar en un to més seriós. "Sembla una mica estrany, no?"

La seva mare va pensar per un moment.

"D'alguna manera. Només el vaig conèixer una vegada en una festa. És un paio molt intel·ligent. Sense ximpleries. Directe".

"Definitivament és ell", va dir fent broma Cristina.

"No obstant, no ho subestimis. Aparentment és un encant amb les dames".

"De veritat?"

"Això és el que he sentit. Assegura't de mantenir-te allunyat del seu encant irresistible", va dir fent broma.

"Molt graciosa", va respondre Cristina. "No obstant, definitivament no és el meu tipus. Massa vell. I massa avorrit".

"M'alegra que el teu negoci hagi tingut un gran començament".

"Ja veurem."

"Concentra't en pensaments positius, Cristina".

CAPÍTOL 4

Van passar les setmanes.

Cristina ja havia preparat dotzenes de menjars per a Paul.

I ella havia guanyat milers de dòlars durant aquest temps.

La rutina diària era sempre la mateixa.

Llevar-se d'hora al matí.

Cuinar.

Col·locar tot acuradament en contenidors.

Portar-lo a casa de Paul abans de les 11:30 del matí.

Mai no arribar tard.

I mai desobeir.

Un dia se li va demanar a la Cristina que preparés el dinar, que havia portat, en un plat a la cuina.

Aleshores ella ho va fer.

Era la primera vegada que feia tasques a la cuina de Paul.

Estava orgullosa del menjar.

Sabia que sabia molt bé, encara que Paul no l'havia felicitat mai per ella.

Ell va baixar les escales amb roba casual.

Com sempre, el seu rostre era gairebé inexpressiu.

Va mirar el menjar presentat a la taula del menjador i no es va molestar a comentar-lo.

"Hauria d'anar-me'n ara?" Cristina va preguntar matusserament.

"Queda't un moment. Hi ha alguna cosa que et vull preguntar".

"Bé."

Paul es va asseure a la taula del menjador mentre Cristina estava dreta.

"Quins altres serveis ofereixes?" va preguntar. "A més de cuinar".

Cristina es va sorprendre i es va mantenir ferma.

Es va preparar per a més insinuacions.

Estava preparada per a l'assetjament sexual.

"Brindo un servei de càtering honest. Cuino menjars gurmet. Això és tot. Si està buscant altres serveis, li suggereixo que busqui en una altra banda".

"I per què és això?" va preguntar amb severitat.

"Honestament, no ets el meu tipus".

"Tu tampoc no ets el meu tipus".

Es va sentir encara més ofesa.

"Mira, crec que el nostre arranjament està funcionant bé. Mantinguem-ho així. Qualsevol altra cosa no funcionarà".

"Creus que estic sol·licitant favors sexuals?" va preguntar.

Cristina es va congelar.

"No és així?"

"No ho crec."

La seva cara es va posar vermella com la remolatxa.

"Oh, ho sento senyor".

"Oblida'l", va respondre. "Ho pregunto perquè la meva criada es jubilarà aviat. Si tens temps extra, llavors potser em podries ajudar amb les meves tasques de neteja".

"Què hauria de fer?"

"Res difícil. Netejar els plats. Mantenir-ho tot net".

"Hauré de pensar en això."

"Seràs ben compensada, és clar", va respondre. "I no et preocupis, no et demanaré sexe. No ets el meu tipus".

Ella es va posar vermell de nou.

"Ho sento per això d'abans. Però ho consideraré. Per què no?"

"Tingues en compte l'oferta. La meva feina està funcionant sense problemes i agrairia una mica d'ajuda amb el manteniment de la llar".

"No surts molt, oi?"

"Ja vaig viatjar pel món i ho vaig veure tot", va respondre. "En aquesta part de la meva vida em concentro en els meus escrits. De vegades surto. Encara m'encanta fer exercici. Però no vull preocupar-me pel manteniment de la llar. Semblas una jove capaç, així que t'ofereixo feina extra".

Cristina va assentir amb el cap.

"Això és molt generós de la teva part."

"Amb els diners extra, podries comprar-te un nou guarda-roba i un acte nou".

Ella es va sentir una mica molesta per aquest comentari.

"Ho entenc. Necessito diners. No m'ho has de refregar".

"No estava intentant fer-ho".

"Bé. Ho faré. Faré algunes tasques addicionals de neteja per a tu".

"Excel·lent", va respondre amb un rar somriure. "Discutirem el terra més tard".

Ella va caminar cap a Paul i va estendre la seva mà per a una encaixada de mans.

Paul es va aixecar com un cavaller i li va donar la mà.

El tracte estava segellat.

SEGONA PART
LA PORTA TANCADA

29

CAPÍTOL 5

Cristina va aconseguir trobar alguns altres clients per a algunes feines petites.

Però la major part del seu treball ho feia per a Paul.

Ella preparava els àpats cada dia de la setmana.

Amb el temps, ella va començar a fer més feines per a ell.

Ella feia petites feines de neteja per alguns diners extra.

Cristina sempre havia estat una persona desorganitzada per a tasques domèstiques, per la qual cosa li resultava irònic que estigués fent les feines de la llar per a una altra persona.

Però els diners eren bons, així que no li importava.

Els plats s'havien de netejar i disposar de certa manera.

Les finestres havien de ser impecables.

Els mobles havien d'estar lliures de pols.

Paul netejava els pisos ell mateix.

Paul era una persona molt particular.

I aquests trets trasbalsaven Cristina de vegades.

Però els diners eren bons.

En certa manera, Cristina se sentia orgullosa d'ajudar en Paul.

D'alguna manera estranya, sentia com si estigués ajudant Paul a assolir el seu objectiu de poder escriure els seus llibres.

Ella es preocupava per ell com a persona.

CAPÍTOL 6

La taula del menjador estava endreçada.

El dinar estava preparat.

Cristina va mirar el plat i va admirar el seu bell treball.

L'escola culinària havia valgut la pena.

No podia esperar que Paul ho provés, malgrat que Paul mai no donava complerts.

Paul arribava inusualment tard al dinar.

Mai no arribava tard.

La porta de dalt estava lleugerament oberta i Cristina escoltava com el teclat es feia servir furiosament.

Ella sabia que ell encara estava ocupat.

Ella va caminar cap a l'escala i va pensar si ho hauria de trucar o no.

Ella no volia interrompre la feina.

Però ella sabia que en Paul era un home que necessitava l'ordre.

Potser va perdre la noció del temps?

Aleshores ella la va veure.

A prop de l'escala, la porta era oberta, lleugerament oberta.

Era una habitació que Paul havia dit que estava prohibida.

Paul volia que netegés totes les habitacions excepte aquesta habitació.

La curiositat de Cristina va assolir el punt màxim.

Encara escoltava Paul escrivint a dalt.

Ella volia fer una ullada a l'habitació secreta.

Volia conèixer els petits secrets de Paul, sense importar com de petits siguin.

Ella hi estava interessada.

Estava interessada en l'home que havia estat servint durant setmanes.

Va fer uns passos tranquils cap a la porta.

Ella va treure el cap cap a dins.

La cambra era fosca.

Va encendre l'interruptor de la llum i l'habitació va quedar brillantment il·luminada.

Per a sorpresa de la Cristina, l'habitació era el lloc menys elegant de la casa.

Però tot semblaven antiguitats.

Va entrar i va mirar al seu voltant.

Hi havia una varietat de dispositius de fusta i metall.

Els dissenys semblaven ser de lèpoca medieval.

Els aparells semblaven prou grans com perquè una persona s'assegués o se n'anés a dormir.

Diversos fuets i cadenes estaven penjant a la paret.

Hi havia moltes sogues en una taula propera.

Cristina va fer servir el seu dit per tocar un dispositiu de metall.

Li va passar el dit i se'l va mirar.

La punta del dit estava coberta d'una capa fina de pols.

L'habitació no havia estat utilitzada en gaire temps.

"No hauries de ser aquí", va dir Paul des del darrere.

Cristina va ser presa per sorpresa pel so de la seva veu i va fer un respingo.

Es va girar per veure Paul dret al costat de la porta.

"Oh, ho sento."

"No vaig dir que aquesta habitació està fora de les teves tasques?" va preguntar, caminant casualment a dins.

"Ho sé. Però estava oberta i vaig tenir curiositat. Vaig pensar que potser volies que la netegés".

"No. Estava planejant netejar-la jo mateix més tard".

Cristina va empassar saliva.

"El teu menjar està a punt. Està començant a refredar-se".

"Pot esperar", va respondre, caminant dins de l'habitació per mirar els dispositius. "T'has de preguntar què és tot això".

"Sembla una càmera de tortura medieval".

"Tens gairebé raó. Algunes d'aquestes coses van ser construïdes fa segles durant l'època medieval. Però no necessàriament per a la tortura".

"Llavors per què?"

"Plaer. Plaer sexual", va respondre sense embuts.

Cristina es va sorprendre.

"No puc imaginar-me com. Aquestes coses es veuen tan doloroses".

"Aquest és el punt."

"Llavors són dispositius d'esclavatge, bàsicament?"

Ell va assentir.

"Aquests fetitxes han existit durant segles. Pots creure que aquests dispositius van ser construïts per a les famílies reals i la noblesa?"

"No em sorprendria. La majoria de les persones riques són una mica depravades".

Ell va aixecar una cella.

"Això m'inclou a mi?"

"Oh, no, no em referia a tu", ella va retrocedir ràpidament.

"Només estava fent broma."

Cristina es va relaxar.

"Per descomptat. Aleshores, per què estan totes aquestes coses tancades en aquesta habitació? Per què no les vens a un museu o alguna cosa així?"

"Potser algun dia. Però per ara, estic escrivint sobre elles al meu llibre. També estava planejant fer-los fotos. És per això que l'habitació estava oberta".

"El teu llibre ha de ser interessant".

"Això espero", va respondre. "He estat escrivint sobre sexe. Del tipus de dominació i esclavatge sexual".

Cristina va arquejar les celles.

"¿De debò? No sembles el tipus d'home per a aquest tipus de coses".

"Aleshores, quin tipus de noi em semblo?"

"No ho sé. Tou. Maduixa. Sense ofendre".

"Cap ofensa", va respondre. "Era una persona molt diferent fa anys. No sempre vaig estar tan reclòs".

"Què va canviar?"

Paul es va fregar els dits contra un dispositiu de metall.

"És una llarga història. Pots llegir el meu llibre quan l'acabi d'escriure".

"Bé, ho espero amb ànsies. Sembla que tens algunes històries interessants per explicar".

"Saps què és un Amo?" va preguntar.

"Només el que és bàsic", va arronsar les espatlles. "Un paio que mana a les dones. Làtigues. Cadenes. Nalgadas. Aquest tipus de coses, oi?"

"Més o menys. He estat un Amo per a moltes dones submises. Dones belles amb desitjos foscos".

"Els vas pegar?" ella va preguntar amb curiositat.

"De vegades."

"Què passa amb aquests dispositius?" ella va preguntar. "Alguna vegada els vas fer servir a les teves esclaves?"

"Ocasionalment. Però els mètodes no són importants. No es tracta de les natges o els dispositius. Es tracta de la rendició. Elles em lliuren els seus cossos. I faig el que vulgui amb ells. Al final, el plaer és mutu".

Cristina va guardar silenci per un moment.

Va mirar Paul directament als ulls i va saber que cada paraula que estava dient era veritat.

Ella sabia que era una cosa amb què Paul tenia experiència.

Ella sabia que era una cosa que Paul enyorava fer-ho de nou.

"El teu menjar s'està refredant", va dir.

"Això és tot el que t'importa?"

Ella es va congelar un moment.

"Bé, el càtering és per al que em vas contractar, ¿oi?"

"Ets una noia intel·ligent", va dir amb un lleu somriure. "Estàs començant a agradar-me."

Paul es va acostar i va donar a Cristina un copet amistós a l'espatlla.

Després es va girar i va sortir de l'habitació mentre Cristina es va quedar confosa per l'incòmode encontre.

Ella el va seguir al menjador i el va observar menjar.

CAPÍTOL 7

Més tard aquella mateixa nit.

Era la trucada telefònica que Cristina havia temut que arribés durant els darrers mesos.

"Com?!" Cristina va preguntar.

"Finalment és l'hora", va respondre la mare. "El teu pare i jo ja no et recolzarem financerament. Sentim que ets prou gran per valdre't per tu mateixa".

"T'adones que viure a la ciutat és car, oi?"

"Afecte, ningú t'obliga a viure a la ciutat. Sempre pots acostar-te a casa i trobar alguna cosa més barata on viure".

"No, gràcies", va sospirar Cristina.

"No sé per què estàs actuant tan sorpresa. T'he estat posant sobre avís durant els darrers mesos. Quan tenia la teva edat, jo..."

"Els temps han canviat la mare. Has vist les notícies? Aquesta situació economia és difícil. El cost de vida és una bogeria"

"Però el teu negoci s'està enlairant", va respondre la seva mare.

"A penes."

"Necessites ser una mica més experta en negocis si vols tenir èxit. Hi ha tants clients potencials a la ciutat. Tot el que has de fer és trobar-los. Ets un gran cuinera i una bona persona. Tinc fe en tu, Cristina".

"Sí, tens raó. Estava pensant a anar a contactar amb diverses companyies per veure si necessiten càtering per a festes".

"Aquest és l'esperit emprenedor", va respondre amb orgull la mare.

"Si la vida fos tan fàcil".

"Les coses bones vénen quan ets persistent. Parlant d'això, segueixes treballant amb Paul? Com va això?"

"Va bé", va dir Cristina vagament.

"I bé? Això és tot? Algun detall interessant?"

"En realitat no. Cuino per a ell cinc dies a la setmana. Em paga molts diners pel servei que brindo. És una mena de tipus estrany".

"Mira qui parla", va fer broma la seva mare.

"Graciosa."

"Només estic fent broma. Tens raó. Paul sembla una mica distant. No obstant, és un paio intel·ligent".

"Definitivament és una persona interessant", va respondre Cristina. "I ell em manté empleada. Així que no em puc queixar".

"Tampoc ho hauries de fer. Si vols que el teu negoci creixi, sempre has de deixar satisfets els teus clients. Això sempre va funcionar per a mi".

Cristina es va aturar un moment.

"Saps, m'acabes de donar una idea".

"No estic segura que m'agradi com sona això".

"Gràcies mare. Ets la millor".

"Bé, cuida't, Cristina. Sempre t'estic recolzant. T'estimo".

"Jo també t'estimo la mare".

Després que va acabar la trucada, Cristina tenia un ferm sentit de resolució.

Estava decidida a tenir èxit sense l'ajuda dels pares.

CAPÍTOL 8

L'endemà.

Cristina va esperar atentament mentre Paul es menjava el dinar.

Ella va netejar la cuina i es va encarregar d'algunes feines domèstiques per a ell.

Quan Paul va acabar de menjar, ella va tornar al menjador i li va treure el plat.

Abans que Paul tingués l'oportunitat d'anar-se'n, ella es va aturar davant de la taula del menjador amb una postura respectuosa.

"He estat pensant", va dir la Cristina amb les mans juntes. "Aquest acord realment ha funcionat bé. He estat ocupant-me de la majoria dels teus menjars i tasques domèstiques, i per tal que puguis concentrar-te en la teva feina".

Paul es va tirar enrere, sabent que s'acostava una proposta.

"Estic d'acord. Això ha estat funcionant bé. Millor del que esperava".

"Llavors, com et sentiries si volgués expandir les meves tasques aquí? Per diners extra, per descomptat".

"Ja estàs fent més del que necessito. I ja t'estic pagant un salari extremadament generós".

"Estimo això", va dir Cristina cortesament. "Però et beneficiaries més si fes més coses per tu. El toc d'una dona sempre és útil per a un home solter".

Paul va pensar per un moment.

"És un punt interessant. Continua".

"Estic segura que hi ha moltes altres coses que podria fer per tu".

"Com què?"

Cristina va quedar pensativa per un moment.

"Bé, això depèn de tu. Potser podria netejar aquests dispositius de l'habitació tancada. Aquesta habitació estava polsosa. Podria fer una feina extra de neteja. I potser podria organitzar una festa per a tu".

"Per què de sobte estàs tan interessada en més diners?" Paul va preguntar.

"Crec que et podries aprofitar del toc d'una dona. Pensa en totes les festes que podries organitzar. A la gent li encantaria el menjar. La teva vida social seria genial".

"Digues-me la veritat. Per què necessites diners extra?"

Cristina va fer una pausa per un segon.

"Els meus pares no em donaran més efectiu. I el lloguer en aquesta ciutat és aclaparador. Si hi ha alguna cosa més que necessitis que faci per aquí, estaria feliç de fer-ho".

Paul va assentir amb simpatia.

"M'agrades com a persona, Cristina. Treballes dur i et diverteixes fent-ho. Però no et donaré diners gratis, especialment quan ja t'estic pagant generosament".

"Entenc", va respondre Cristina, tractant de contenir la seva tristesa. "Gràcies per escoltar-me de totes maneres. Tornaré demà".

"Encara no he arribat al meu punt final", va afegir. "Intentaré pensar en alguna cosa. Una cosa adequada per a les teves habilitats i atributs. Quan trobi alguna cosa, t'ho faré saber, i seràs recompensada per això. Sona just?"

Ella va somriure.

"Sona genial".

CAPÍTOL 9

Els dies van anar passant.

Paul mai no va fer una oferta.

Cristina no li va preguntar mai perquè no volia ser una molèstia.

Ella preparava el dinar de Paul com ho feia normalment.

Paul va baixar les escales al menjador abans del que és habitual.

Va seure i va esperar mentre Cristina encara estava preparant-ho tot.

"Es veu bé", va dir quan Cristina va portar el plat de menjar.

Realment es va sentir com un moment estrany que ell la felicités.

"Gràcies. És xai rostit amb una guarnició de verdures al forn".

Paul va acostar un seient al seu costat.

"Seu. Hi ha alguna cosa que vull discutir amb tu".

Cristina es va asseure i va esperar el que havia de dir.

"He pensat en la teva petició per a més feina", va dir. "Especialment sobre la necessitat d'un toc femení per aquí. De tota manera, aniré directe al gra, podria fer servir alguna cosa teva d'inspiració per als meus escrits".

"Inspiració? Com és això?"

"Potser podries posar per a mi. He estat lluitant amb el bloqueig de l'escriptor darrerament i em podria ajudar alguna cosa per mirar".

Cristina va donar una expressió aprensiva.

"Estàs segur que no vols que organitzi una festa per a tu o alguna cosa així? Això probablement funcionarà millor".

"No estic interessat a organitzar una festa", va respondre, recollint-se a la seva cadira. "Ho sento, només vaig preguntar. Va ser inapropiat".

Ella va pensar per un moment.

"Quants diners oferiries?"

"Tot depèn."

"De?"

"De la feina que fassis", va dir. "No havia contractat mai un model. Però sé que ajudaria amb els meus escrits".

"Oh, bé, ho tindré en compte".

"No ho facis. Va ser un error preguntar. Si no et fa res, m'agradaria menjar ara. Tinc altres coses a fer més tard".

"Ho faré!" Va explotar Cristina.

"Què?"

"El treball de modelatge que em vas oferir. Ningú ho sabrà, oi? Es queda estrictament entre nosaltres, oi?"

"Així és", va assentir. "No hi haurà cap registre. Només necessito la inspiració".

"Estic interessada."

Paul va donar un lleu sospir.

"No crec que entenguis. Vaig ser apressat a la meva oferta. No crec que els meus gustos siguin per a tu".

"Per què no?"

"Perquè et veies molt incòmoda a la sala de dominació".

Cristina estava una mica desconcertada.

De cop i volta es va adonar que Paul estava buscant inspiració per a les seves històries de dominació.

Però, independentment d'això, va pensar en els diners.

"Puc aprendre a sentir-me còmoda amb això", va respondre ella. "Només dóna'm temps. Mentre ningú ho sàpiga, estaré bé".

Paul li va fer una mirada llarga i escèptica.

"Com vulguis. Presenta't aquí demà a dos quarts de nou del matí. Resoldrem les coses a partir de llavors".

"Gràcies."

Cristina es va aixecar i va estendre la mà per una encaixada de mans.

Paul va estendre la mà i li va estrènyer la seva.

CAPÍTOL 10

Més tard aquesta mateixa nit.

Cristina era a la cuina preparant els àpats per al dia següent.

Sabia que no tindria temps de fer-ho l'endemà ja que Paul esperava que ella fos allà a dos quarts de nou del matí.

Després que tot va estar preparat, Cristina es va mirar al mirall.

Es va preguntar si era prou bonica per modelar per a Paul.

Es va preguntar quines sorpreses hi hauria a la sala.

Si seria dolç o no.

I es va preguntar de quants diners estaríem parlant.

Paul sempre havia estat generós amb els pagaments financers.

Sobretot, es va preguntar quanta dominació volia veure Paul.

El costat racional de Cristina controlava la situació: els diners són bons.

I ningú ho sabrà mai.

El meu petit secret amb en Paul.

Es va despullar i es va tastar uns vestits bonics davant del mirall del dormitori.

Finalment es va decidir per un senzill vestit groc.

No era gaire revelador.

I no era gaire mojigat tampoc.

Era el mig just.

Es va raspallar els cabells i va pensar en quant maquillatge utilitzar.

Aleshores ella va decidir no fer-ho.

Faria la situació massa incòmoda.

Tot estava disposat.

Ella estava llesta per a la feina.

CAPÍTOL 11

El matí del dia següent.

Cristina va aparèixer a casa de Paul a dos quarts de vuit.

Ella volia assegurar-se que estar preparada amb antelació.

Ella portava el vestit groc.

El seu cabell estava ben pentinat i el rostre estava net de maquillatge.

Ella ja era bonica de manera natural.

Després que Cristina va col·locar els contenidors de menjar dins del frigorífic a la cuina, es van asseure junts a la sala privada, als aparells de fusta.

"Què tens al cap?" Cristina va preguntar.

"Depèn. Quins són els teus límits?"

Cristina va arronsar les espatlles.

"No ho sé. Mai he fet aquest tipus de coses abans".

"Llavors suposo que serà millor que ho descobrim".

Els ulls de Cristina van tornar a recórrer l'habitació.

Era l'habitació més insulsa de casa.

Les parets estaven llises.

Però hi havia dispositius antics de diverses mides i formes.

Tots semblaven tan intimidants.

"Mantinré la ment oberta", va dir. "Però no m'agrada el dolor. I no vull que em pressionis massa ràpid. No hi ha necessitat d'afanyar-se. D'acord?"

Ell va assentir.

"Gràcies per ser clara. Has de saber que sóc un home molt pacient. Ho he fet durant molts anys amb innombrables dones submises. Mai pressiono més a menys que ella estigui a punt".

Aquestes paraules van enviar un estrany sentiment per la columna de Cristina.

No podia deixar de pensar en la frase "dones submises".

En qüestió d'un moment, ella es va adonar que podria estar molt bé en la mateixa posició que aquestes 'dones submises'.

"Està bé", va assentir ella. "Gràcies. Aleshores, com hauríem de començar?"

Paul es va aixecar i va passejar lentament per l'habitació, mirant cadascun dels dispositius mentre Cristina estava asseguda en una posició recatada.

Ell mirava cada dispositiu de tal manera que va posar nerviosa Cristina.

"Alguna vegada has estat lligada abans?" Paul va preguntar.

Cristina va sacsejar el cap.

"Òbviament no."

"T'agradaria estar-ho?"

"No ho sé."

Va fer un gest cap a la taula de fusta.

"Per què no ho intentem?"

"No ho sé", ella va arronsar les espatlles nerviosament.

"¿És això massa per a tu? Necessito veure alguna cosa per inspirar-me. Observar-te asseguda allà no m'ajudarà gaire".

Cristina es va aixecar lentament i va respirar profund.

"Faré el que vulguis."

"Estàs segura? Cristina, no vull que facis alguna cosa amb la qual cosa no et sentis còmoda. Puc trobar altres maneres de pagar-te".

Ella va prendre una altra respiració profunda.

"No, n'estic segura. arribem a un acord per modelar, i tinc la intenció de seguir endavant".

"Estàs segura?"

"Si totalment."

"Llavors recuesta't", va dir Paul, assenyalant cap a la taula de fusta.

La taula es veia dolorosament incòmoda.

Semblava vella i rústica.

Però era prou baixa perquè una persona pogués ficar-se al llit fàcilment sobre ella.

Hi havia velles barres de metall a cada costat de la taula, cosa que donava a Cristina una sensació incòmoda.

Posant els sentiments de banda, es va recolzar sobre la taula.

Va ser dolorós i incòmode com ella esperava.

Estava convençuda que la taula estava dissenyada per a la tortura, no per al plaer.

Es va preguntar com algú podria sentir plaer per això.

Es va estirar al centre de la taula i va mirar directament al sostre.

"Et lligaré les nines", va dir ell, parant-se sobre el seu cap.

Ella va romandre en silenci durant un moment mentre mirava la figura de Paul aturada sobre ella.

"Està bé", va respondre ella, aixecant les nines. "Endavant."

Paul va prendre suaument les seves nines i les va portar a la barra de metall sobre la taula.

La barra estava freda com ella esperava.

La textura contra la seva pell no era gaire suau, cosa que era un senyal que la barra es va fer fa molt de temps, abans de la maquinària moderna.

Va sentir que li lligava les nines a la barra amb una corda gruixuda.

Cristina no es va molestar a mirar.

Ella va mantenir els ulls al sostre.

"Dol?" va preguntar.

"No, estic bé."

Els seus passos es van sentir per l'habitació.

Cristina no es va molestar a mirar Paul.

Però es va preguntar què devia pensar Paul.

Veure-la amb un bonic vestit, amb les nines lligades, deu ser excitant per a Paul, va pensar.

"Digues-me una altra vegada", va dir. "Quin és el teu límit?"

Ella va empassar saliva.

"Simplement no em facis mal".

"Puc obrir el teu vestit?" va preguntar amb veu suau.

"No, això no."

"Llavors suposo que tens altres límits", va respondre amb una lleu sensació de diversió.

"Suposo."

"Puc tocar-te?" va preguntar. "Està perfectament bé si et negues. Però ja que hem arribat fins aquí, i certament et veus atractiva".

"Si vols", va respondre tímidament.

"No es tracta del que vull. Es tracta del que et sentis còmoda".

Va lluitar amb els seus pensaments per un moment.

"Estic còmoda amb això. Està bé. Endavant, si vols. Vull dir, estic còmoda amb això".

"Estàs segura, Cristina? No et vull pressionar si no estàs còmoda".

"Sempre que tu, ja saps..."

"Sempre que et compensi financerament?" va preguntar, mig divertit.

El seu to i fraseig van fer que Cristina se sentís encara més incòmoda.

"Sí", va respondre ella.

"No t'has de preocupar per això".

Cristina esperava alguna broma sarcàstica més en resposta, però Paul havia acabat de parlar.

Ell va caminar cap a ella mentre continuava ajaguda sobre la taula.

Cristina el va veure mirant el cos.

Estava clarament nerviosa.

Ella no sabia què estava planejant.

Els seus ulls es van delectar i van vagar pel seu cos.

Finalment es va decidir.

I va fer el seu moviment.

Paul es va ajupir i va tocar el genoll de Cristina.

Va ser un toc sobtat que la va prendre per sorpresa.

Ella es va estremir.

"Estàs bé, Cristina?"

"Estic bé. Simplement, no esperava això".

Ell va lliscar la mà més avall per la cuixa.

La seva mà va lliscar més profundament fins que va quedar sota la seva faldilla groga.

A Cristina l'incomodava, però també la feia sentir un formigueig entre les cames.

Els seus ulls romanien enfocats al sostre.

"T'importa si continuem més?" va preguntar. "Ja hem arribat fins aquí".

"Endavant. No m'importa".

"Estàs segura?"

"Estic segura."

Paul va aixecar la faldilla de Cristina i la va empènyer cap amunt.

Les seves calces estaven exposades.

Paul va lliscar la seva mà sota les calces de Cristina.

Naturalment, ella es va estremir de nou, però es va contenir.

La mà de Paul va fregar la seva entrecuix.

El cos i els peus de Cristina es van tensar.

"T'has de relaxar", va dir Paul. "En cas contrari, això no servirà per a gaire".

"Bé."

Cristina va fer tot el possible per relaxar el cos.

Els seus ulls romanien al sostre.

Se sentia massa avergonyida per mirar Paul.

Ella simplement li va permetre acaronar la seva entrecuix.

Ella va panteixar quan Paul va jugar amb el seu clítoris.

Va ser un moviment que no havia esperat.

El seu instint natural era assolir i allunyar la mà de Paul, després cobrir-se, i després bufetejar Paul a la cara, però les cordes al voltant dels seus canells estaven estretes.

Ella va fer una suau estrebada, però va ser en va.

"Estàs tractant de sortir?" Paul va preguntar. "Si vols sortir, només digues-m'ho i et deslligaré immediatament".

"Ho sento. Va ser una reacció instintiva".

"Bé, no reaccions així. Aquesta no és la reacció que vull".

"Està bé perdó."

Els dits de Paul es van moure amb un furiós moviment circular sobre el clítoris inflat.

Cristina no va tenir més remei que panteixar.

Estava massa sorpresa per contenir els seus sentiments.

Els dits no es van aturar.

Va ser un bonic plaer.

Ella va tancar els ulls i va gaudir del plaer de Paul.

Va ser una sensació de formigueig que va fluir pel cos.

"Puc dir que ets a prop", va dir. "Relaxa't. Gairebé s'ha acabat".

Amb els ulls encara tancats, Cristina es va permetre gaudir dels dits de Paul mentre es delectaven amb el seu delicat i petit clítoris.

Van passar moments abans que els dits de Cristina es posessin rígids.

Curts sorolls panteixants van escapar dels seus llavis.

Els seus ulls es van estrènyer amb força.

Els seus músculs es van contreure.

Va ser un orgasme ben merescut per totes les tensions a la seva vida.

Finalment, el seu cos es va relaxar i Paul va retirar la mà de les calces.

Ell va moure el seu vestit novament a la seva posició correcta.

Va donar un copet a Cristina a la cuixa, com si hagués fet alguna cosa bé.

"Certament ho vas gaudir", va dir Paul mentre començava a deslligar-li les nines.

Cristina es va sentir alliberada.

Es va posar dreta i es va fregar les nines, que estaven lleugerament vermelles i doloroses per la corda.

El sentiment orgàsmic va ajudar a contrarestar el dolor.

"Em va agradar", va respondre ella. "Va ser agradable. Realment agradable. Déu, no m'he sentit així en molt de temps. Vull dir, no tan bo com ho vas fer".

"M'alegra que ho hagis gaudit. Em va portar molts records, cosa que m'ajudarà amb la meva escriptura. Vas ser una petita inspiració meravellosa per a mi".

"Sempre m'alegra estar al teu servei".

"Excel·lent", va assentir. "M'asseguraré d'afegir un bo al teu xec a final de mes. Crec que ha guanyat cinc mil dòlars addicionals per això".

Sorprenentment, Cristina va sentir un sentiment de vergonya.

Ella sabia que en Paul tenia bones intencions.

Apreciava els cinc mil addicionals, que era molt més del que s'esperava.

Però un sentiment de culpa la va envair, com si acabés de vendre el cos i la sexualitat per diners fàcils.

Això la feia sentir impura i bruta.

"No sóc una puta", va deixar anar, i després es va penedir a l'instant.

"No he dit mai que ho fossis".

"Ho sento", va respondre ella. "Realment estima tot. Però mai he fet servir el meu cos així, ja saps, per guanyar diners".

Paul va sacsejar el cap, decebut amb si mateix.

"No ho sentis. Això és culpa meva. Vaig ser apressat amb tu. No t'hauria d'haver demanat que modelessis per a mi".

Cristina es va aixecar i es va arreglar el vestit.

"Ho vaig gaudir", va dir. "Realment ho vaig fer. Però va ser una mica estrany per a mi. Potser ho podem fer alguna altra propera vegada? Només una mica més lent".

"No ho crec. Això clarament no és per a tu".

Cristina va fer una mirada tímida mentre la sensació de l'orgasme encara fluïa pel seu cos.

"Prepararé el teu dinar ara", va dir.

"Puc fer-ho jo mateix. Pots anar-te'n".

Ella va assentir obedientment.

"M'alegro que hàgim fet això".

"Jo també", va respondre. "Però mai hauríem de fer això una altra vegada. Ens veiem dilluns".

Cristina va assentir, sabent que Paul ja havia pres una decisió ferma.

Ara hi havia una subtil incomoditat entre ells.

Després d'intercanviar algunes paraules més, es va anar preguntant què estaria pensant Paul d'ella.

TERCERA PART
EL NOU TREBALL

55

CAPÍTOL 12

Més tard aquella mateixa nit.

Cristina es va asseure davant del seu ordinador i va buscar maneres de sol·licitar nous clients.

Va enviar almenys una dotzena de correus electrònics a diferents companyies per promoure el seu negoci de càtering.

No esperava gaire resposta, però valia la pena intentar-ho i no tenia res a perdre.

El telèfon va sonar.

Era la seva mare que la que trucava per revisar novament.

Van fer la seva xerrada habitual i no hi havia gaire cosa a dir.

"Dirigir el meu propi negoci és difícil", es va lamentar Cristina.

"Esperaves que fos fàcil?"

"No sé què esperava. No m'importa treballar dur. M'encanta cuinar per a altres persones. Però, Déu, necessito més clients".

"En la meva experiència, el negoci és qui coneixes", va respondre la seva mare. "Molts negocis provenen de connexions personals. Així que surt i tracta de conèixer gent nova en lloc de buscar en línia".

"Té sentit, suposo".

"Suposo? Quan m'equivoco?"

"No ho sé."

"No sonis tan deprimida, Cristina", va dir la seva mare. "Molta gent lluita amb un nou negoci. Només ho continua intentant".

"Gràcies mare."

"Com van les coses amb Paul? Encara et paga generosament?"

"És complicat", va sospirar Cristina. "Però sí, ell encara paga bé".

"Sembla un paio complicat".

"No en saps ni la meitat".

Hi va haver una pausa al telèfon.

"Ha intentat alguna cosa amb tu?" va preguntar sa mare amb cautela.

Cristina es va afanyar a mentir.

"De cap manera. Per descomptat que no".

"Pots dir-me la veritat. Estic aquí per a tu".

"Mama, ell no és del meu tipus. Si alguna vegada fes un moviment, el copejaria al cap amb el que hagi cuinat aquell dia".

"Això sona com l'esperit de Cristina que conec", va riure entre dents la seva mare.

"Hipotèticament parlant, i si ho fes? Vull dir, com et sentiries sobre això?"

"Si Paul fes un moviment?"

"Sí", va respondre Cristina. "Com et sentiries?"

Hi va haver una altra pausa a la línia.

"Suposo que depèn de tu. Si et va convidar a sortir, aquesta és la teva decisió".

"De veritat?"

"Aquesta és la teva decisió, Cristina. Però si ell intentés tocar el teu darrere a la cuina, llavors et suggeriria que aboquessis una mica de la teva famosa salsa calenta sobre el seu cap".

"És clar que sí", va respondre Cristina amb una veu sarcàstica.

"Sembla que tens alguna cosa al cap".

"Ja no. Gràcies mama, ets la millor. T'he de deixar".

"Adéu t'estimo."

"Jo també t'estimo la mare".

La trucada va acabar i Cristina es va recolzar a la seva cadira.

Va pensar en Paul i l'orgasme que va rebre aquell dia.

Encara recordava els sentiments vívidament.

Cada toc, cada emoció.

La sensació de la fusta dura contra el cos.

La sensació de la mà de Paul contra el seu cony.

I, sobretot, l?orgasme.

La dominació mai no va ser la seva, però es va sentir bé.

Va buscar en línia i va buscar diferents termes.

La va fer sentir com una estudiant universitària novament mentre investigava.

Va fer diverses cerques sobre l'esclavatge i els seus plaers.

Ella va mirar diverses imatges.

Això la va excitar de nou i va lliscar una mà per les calces.

CAPÍTOL 13

Dilluns al matí.

Cristina va fer un esforç per veure's bé quan va anar a casa de Paul.

Portava un vestit blau i els cabells estaven ben pentinats.

Paul no va prestar gaire atenció a la seva aparença quan va obrir la porta per deixar-la entrar.

"Podem parlar?" Cristina va preguntar. "Sobre negocis vull dir".

"Per descomptat."

"Genial. Espera".

Cristina va posar el menjar a la cuina i va anar a la sala d'estar espaiosa on Paul s'havia assegut.

Ella es va asseure davant seu.

"He estat pensant molt durant el cap de setmana", va dir. "Sobre la nostra relació".

"Jo també", va dir, sense deixar que ella acabés els pensaments. "Crec que hauríem d'acabar amb això. Per mi és clar que la nostra relació comercial s'ha vist compromesa. Ja he començat a buscar un reemplaçament per a les necessitats de casa meva".

Cristina es va quedar congelada per un moment mentre les notícies li enfonsaven lentament.

"Què? No. Això no és el que volia".

"Crec que és el millor", va respondre. "Ets una jove brillant. Trobaràs el teu lloc en aquest món".

La mirada atònita va romandre a la cara. "

Això no és el que esperava escoltar. Vaig pensar que la nostra conversa seria molt diferent".

"Que estaves esperant?"

"Vaig venir aquí per dir-te que estava interessada a continuar, ja saps, el que vam fer divendres passat".

Ell va arquejar una cella.

"De debò? I per què vols això?"

"Realment ho he de dir?"

"Si."

Ella va respirar profund.

"Òbviament gaudeixo treballant aquí. Gaudeixo dels beneficis. Crec que ets un gran cap, el millor que podia tenir. I el que vam fer la setmana passada, a la sala, realment em va agradar. Crec que al principi tenia por, però vaig pensar molt , i no m'importaria si continuem".

"Interessant."

"Això creus?" ella va preguntar.

"No ets tan tímida com pensava. Mai no hauria esperat que vinguessis i em diguessis directament aquestes coses. Estic impressionat".

Ella va somriure, "gràcies".

"Què hauria de passar després?"

"No ho sé", va arronsar les espatlles matusserament. "Això depèn de tu. Però m'agradaria que la nostra relació comercial continués".

"Sigues valent, Cristina. Digues-me què passa després. En aquest mateix minut. Vull saber què tens al cap. Sorprèn-me".

Ella va reunir el seu coratge i va donar a Paul una mirada de determinació.

Els seus llavis es van estrènyer i el seu nas es va encongir lleugerament.

Els seus ulls estaven fixos en Paul, que estava estoic, esperant que ella fes alguna cosa audaç.

Cristina es va aixecar i es va raspallar el vestit amb les mans.

Els seus dits es van embolicar al voltant dels tirants del vestit.

Va apartar les corretges i va moure el seu cos, permetent que el vestit caigués a terra.

Es va parar davant de Paul en la seva sustentació blanca i calces, amb el seu bell vestit al voltant dels seus turmells.

"Què estàs fent?" va preguntar sense emoció.

"Estic mostrant la meva dedicació a la feina".

"Potser m'has entès malament. No crec que sigui el camí correcte per a tu".

"No m'estàs dient que pari", va respondre ella. "I tampoc t'escolto queixar-te".

Els ulls de Paul van vagar pel seu cos escassament vestit.

Ella tenia una constitució mitjana, una mica prima.

Pits petits i malucs estrets.

Estava clar que poques vegades feia exercici ja que el seu to muscular era feble.

"Ets força atractiva", va assenyalar.

Es va treure el vestit i va fer diverses passes cap endavant fins que es va aturar directament davant de Paul.

"Aquí hi ha el tracte", va dir amb valentia. "El nou tracte. Seré la teva proveïdora exclusiva. També seré el teu model quan creguis que sigui necessari. Pots fer que em corri si vols. Si em sento realment bé, et tornaré el favor gratis".

Ell va aixecar una cella.

"Em tornaràs el favor?"

"Et faré que et corris. Gratis. Jo no sóc una prostituta. Pensa en això com una gratificació d'una receptora agraïda".

"Sona com una relació comercial inusual".

"Ja hem creuat la línia de totes maneres", va dir.

"Hauré de considerar-ho".

Cristina es va ajupir i va agafar el canell de Paul, portant la mà a les calces.

Ell va tocar l'exterior de les calces i es va fregar entre les cames.

"Pensa ràpid", va dir ella. "Si no, retiraré l'oferta".

Ell va fer un somriure a mitges.

"La nova i audaç Cristina. M'agrada".

"A mi també."

Paul va pressionar els seus dits amb més força contra les calces de Cristina.

Ella va gemegar pel toc calent.

Ella va gemegar encara més quan Paul va lliscar la seva mà dins de les seves calces, tocant el seu cony nu.

Estava excitada, i no hi havia dubte sobre això.

"Estàs mullada", va notar, mirant-la.

"Ho sé."

"Treu-te la sustentació. Deixa'm veure't".

Cristina va estendre la mà per descordar-se el sostenidor i el va llançar al sofà.

Els seus petits pits turgents van ser alliberats.

Els seus mugrons eren rosats i petits.

Es van endurir ràpidament per l'aire fred i l'excitació sexual evident.

Ella va resistir l'impuls de cobrir-se els pits amb les mans perquè sempre s'havia sentit insegura sobre el pit.

Però ella va intentar ser valenta i va empènyer el pit cap endavant.

"T'agraden?" ella va preguntar.

"M'encanten els pits de cada dona. Cadascú és únic i especial a la seva manera. El teu no és una excepció. Són encantadors".

"Gràcies Senyor."

" Senyor?" va preguntar retòricament. "Crec que saps què m'agrada."

"I què t'agrada?" ella va preguntar tímidament.

"Propietat."

"Oh..."

Paul va usar les dues mans per estirar les calces de Cristina al pis, deixant a la noia completament nua, de cap a peus.

Es va posar dreta i va prendre Cristina de la mà.

"Segueix-me", va dir. "Hi ha alguna cosa que m'agradaria mostrar-te".

Va conduir la Cristina pel passadís mentre sostenia la mà d'una manera romàntica.

Cristina estava nerviosa, però va seguir el pas.

Ella sabia que es dirigien cap a la sala d'esclavatge.

La idea la va fer excitar-se i posar-se nerviosa.

La porta estava entreoberta i Paul la va obrir.

Va encendre els llums i van entrar.

L'aire estava fred, cosa que va fer que els mugrons de Cristina estiguessin encara més durs.

La seva mirada passo al seu voltant i es va preguntar què havia planejat Paul.

"Tens un nou conjunt de responsabilitats", va dir Paul. "Espero completa obediència. T'espero nua en tot moment. Entès?"

"Si entenc."

"Inclina't sobre la taula", va dir. "Sobre el teu estómac. Et lligaré. Vull que tornis a córrer-te".

"Sí senyor."

Cristina va mirar la taula intimidant.

Era una taula diferent de l'anterior.

Però semblava igualment incòmode i dolorós.

La fusta semblava vella, i el marc de metall també.

No tenia cap sentit queixar-se.

Ella va fer el que li va dir i va posar els pits nus i l'estómac sobre la taula de fusta.

Va ser més incòmode del que s'esperava.

La fusta estava freda i el picava als sensibles mugrons.

Els seus ulls van mirar a terra.

Va sentir Paul caminant per l'habitació abans d'acostar-s'hi.

"Et lligaré", va dir. "Relaxa els braços i les cames. Aquest és un procés simple si estàs tranquil·la".

"Bé."

"Estàs segura que vols això?"

"Sí", va respondre ella.

"Per què?"

"Perquè em vull córrer de nou".

Cristina no va rebre resposta.

En canvi, va sentir que Paul lligava cadascun dels seus turmells al fred marc de metall de la taula.

Era incòmode i una mica aterridor.

Cada nus estava molt atapeït.

La corda era gruixuda, cosa que feia mal la seva pell.

El mateix procés es va realitzar als seus canells.

Cada canell estava lligat al marc de metall de la mateixa manera.

Quan va acabar, els seus turmells i nines estaven fortament lligats a la taula.

Estava de cap per avall amb l'estómac nu i els pits pressionats fortament sobre la superfície de fusta.

Era una sensació força aterridora saber que havia donat a Paul poder absolut sobre el seu cos.

Ella estava clara i completament indefensa.

Alguna cosa va colpejar el seu darrere nu.

Es va sentir dur, però alhora suau.

No n'estava segura de què era.

Aleshores va sentir els dits de Paul fregar el seu darrere.

"T'importa si et toco així?" va preguntar, sabent la resposta.

"No."

"Bé. M'agrada la teva pell. Ets molt tendra..."

La mà de Paul va vagar pel seu darrere, sentint cada corba.

Ell va fer massatges cadascuna de les seves natges amb les seves fortes mans.

Aleshores va sentir que una mica dur tocava el seu darrere de nou.

Tenia una superfície corba llisa.

"Què és això?" ella va preguntar.

"És un vibrador. Alguna vegada n'has fet servir un abans?"

"No."

"T'agradaria sentir-ho?"

"Estic oberta a això".

"Bona noia."

Un brunzit de sobte va sonar a l'habitació i va enviar un calfred per la columna de Cristina.

Els seus ulls van estar fixos a terra mentre escoltava el brunzit.

El seu cos es va sacsejar violentament en el moment en què el brunzit va tocar la punta del seu clítoris.

Va ser dolorós, de mala manera i de bona manera.

Ella va tractar de lluitar contra ella, lluitant contra les cordes, cosa que era inútil.

El brunzit es va aturar.

"Acabem això?" va preguntar.

"No. Si us plau, no. Deixaré de moure'm".

"Controla't Cristina".

El brunzit va tornar quan el vibrador es va activar novament.

Va tocar el seu clítoris, i Cristina va fer tot el possible per romandre quieta.

Va lluitar contra els impulsos de lluitar mentre acceptava la sensació de vibració contra la seva àrea més sensible.

Va fer que els seus dits es corbessin violentament.

Va estrènyer les dents quan va tancar la mandíbula.

Els seus punys es van estrènyer fortament.

Tenir el seu clítoris torturat amb un vibrador era l'última cosa que esperava.

Zumbó i zumbó.

La punta del vibrador es va sostenir contra el seu clítoris fins que va pensar que explotaria.

Just abans que ella estigués a punt de cridar d'agonia, Paul va moure el vibrador i el va empènyer dins del cony.

Va ser un sentiment surrealista.

Havia passat molt de temps des que l'havien penetrat amb alguna cosa més que els dits.

La vibració dins del seu cony era una barreja de dolor i plaer.

Paul hàbilment va empènyer i va estirar la joguina sexual.

Cristina va fer tot el possible per no cridar.

"T'estàs divertint amb això?" va preguntar de broma.

Cristina va panteixar.

"Jo... jo... uh..."

"Si o no?"

"Sí! Déu, sí".

Paul va empènyer el dispositiu encara més dins del cony de Cristina, fent-la panteixar més.

Estava gairebé sense alè quan va entrar al seu cos del tot.

Els seus braços i cames van estirar les cordes, però va anar en va.

Estava atrapada amb el poderós vibrador dins la seva vagina humida.

"Estàs a prop?" va preguntar.

Ella va lluitar per les paraules.

"Si gairebé..."

"Corre per a mi, nena".

El vibrador va ser empès i jalat dins del cony de Cristina sense pietat.

Ella va intentar relaxar el seu cos, cosa que sempre li facilitava l'orgasme.

Ella va fer tot el possible per relaxar els músculs vaginals de l'estirament, permetent que Paul se sortís amb la seva.

El seu orgasme era imminent a causa del vibrador.

I era un orgasme diferent de tots el que havia sentit abans.

Estar lligada i fuetejada mentre un objecte vibrant empenyia dins del seu cony era una combinació potent.

Els dits dels peus de Cristina es van arquejar més i els punys es van estrènyer més fort.

Cada múscul del cos es va contreure.

Els seus jadeus i gemecs es van tornar més durs.

"Oh, Déu meu... Oh, Déu meu... Oh, Déu meu..."

De cop i volta, el dispositiu es va canviar a una velocitat més alta i les vibracions es van fer molt més fortes.

Cristina va cridar per la poderosa vibració en ser empesa i jalada al seu cony.

Ella va plorar.

Després va sanglotar incontrolablement quan va arribar al clímax.

Una onada de fluids va brollar de l'interior del seu cony, fent un desastre a la taula i deixant un toll al pis dur.

Més embranzides van venir del vibrador de potència fins que els fluids es van aturar.

Paul va retirar el vibrador del cony de Cristina, que va fer un fort brunzit.

Després ho va apagar.

Quan l'assalt vaginal finalment va acabar, el cony de Cristina era un desastre gotejant.

La seva humitat era com un petit riu orgàsmic.

El seu cony brillava pels fluids vaginals.

La taula estava mullada.

I els fluids queien a terra com una aixeta que degota.

Cristina a penes estava conscient mentre recuperava lentament les maneres.

Va ser, de molt, el millor orgasme que havia experimentat a la seva vida.

Va sentir els passos de Paul apropant-se al cap.

Paul es va inclinar i va fer un petó als cabells.

Es va preguntar per què en Paul encara no l'havia desfermat.

"Estem... hem... acabat..." se les va arreglar per parlar.

"Encara no. Recordes la teva promesa?"

"Quina?" ella va gemegar.

"Vas dir que, si feia que et correguessis, llavors em tornaries el favor. Aleshores, com es va sentir el teu orgasme?"

"Un... fotut... increïble", va deixar anar.

Paul li va somriure.

"Bona noia. Ara, tens ganes de tornar- me el favor?"

"Sí senyor. Em deslligarà?"

"M'agrades en aquesta posició".

Cristina va escoltar el so dels pantalons de Paul en obrir-se.

Ella sabia exactament què volia Paul.

Seguia dret al costat de la cara, cosa que significava que no estava interessat a cardar-la, almenys no en aquell dia en particular.

Va mirar cap amunt quan Paul es va acostar a la cara.

Ella va veure la seva polla dura apuntant directament els seus llavis.

Era obvi allò que volia.

Amb un cor luxuriós, Cristina va obrir la boca mentre Paul feia un altre pas endavant, entrant entre els seus llavis.

No hi va haver cap procés de sentiment i no hi va haver temps per adaptar-s'hi.

Paul simplement va empènyer els malucs cap endavant perquè Cristina pogués xuclar com ho hauria de fer una bona submissa.

"Déu meu. Tens els llavis com d'un àngel", va dir, impressionat pel que sentia a la seva polla.

El sexe oral mai no va ser cosa de Cristina.

Mai va ser molt bona en això, i mai no va ser la seva preferència fer-ho.

Però amb Paul, estava ansiosa per complaure'l.

Especialment amb la poderosa sensació orgàsmica que encara fluïa pel seu cos.

La seva manca d'habilitats no era un problema ja que el seu cos encara estava lligat a taula.

Paul va fer tota la feina, empenyent suaument els malucs d'una banda a l'altra.

Tot el que necessitava era una boca càlida per follar.

L'únic que Cristina va haver de fer va ser mantenir els seus llavis estrets al voltant del membre dur de Paul i xuclar.

"Fotre, em correré", va grunyir Paul. "I t'ho empassaràs".

El seu sentit de comandament era excitant per a Cristina, per una raó que ella no podia entendre.

Va sentir les mans de Paul fregant el seu cabell mentre xuclava.

Va sentir que el seu membre es tornava encara més rígid dins de la boca.

Ella va fer tot el possible per fer servir la seva llengua al seu membre, que sempre li havien dit que se sentia bé.

La polla s'enfonsava a la boca, cosa que la va fer tenir nàusees.

El reflex nàuseós era terrible.

Però Paul imaginava quant Cristina era capaç de suportar, de manera que mai va pressionar massa.

Era el senyal d'un professional, va pensar per a ell mateix.

Ella va observar com Paul s'acariciava a l'orgasme, mentre la punta de la seva erecció encara era dins de la boca.

Ella va mantenir els seus llavis ben tancats al seu voltant.

Paul va grunyir mentre l'acaronava furiosament.

Segons després, la seva llengua estava coberta amb el semen de Paul.

Raig després de raig.

Tenia un sabor diferent.

Ella va empassar saliva per evitar que la seva boca es desbordés.

Segons després, el full de semen es va aturar i Cristina s'ho va empassar tot.

"Déu meu", va dir Paul, traient la seva polla de la boca. "Això va ser meravellós. On vas aprendre a xuclar així?"

Es va encorbar per un moment, abans de posar-se dret per tancar els pantalons.

Després es va ajupir per deslligar Cristina.

Quan va ser alliberada, es va acariciar les seves pròpies nines i turmells, que tenien marques de color vermell fosc.

Ràpidament es va adonar que encara estava completament nua i que ja no li importava.

Li agradava estar despullada davant de Paul.

"Realment vaig gaudir tota l'experiència", va assenyalar amb confiança.

Paul li va tocar el coll i li va fer un petó al front, després més a les galtes.

Finalment, va plantar diversos petons als cabells.

"Jo també. La nostra associació funcionarà molt bé. Pensa en totes les possibilitats que podem compartir junts".

"Ho sé."

"Ets com una papallona, creixent davant dels meus propis ulls", va dir.

"Tot és per culpa teva", va somriure. "Ara, si em disculpes, vaig fer una cosa molt especial per dinar. T'encantarà. Estic segura que has obert la gana, així que millor el prepararé ara".

Cristina es va aixecar i va caminar nua cap a la porta.

Hi havia confiança en caminar.

A ella li encantava estar nua.

Va ser divertit.

Els fluids gotejaven per les cames.

El sabor del semen encara era a la boca.

Després, es va aturar quan va arribar a la porta, i es va girar per mirar Paul, orgullosa del seu cos nu.

Ella li va dir que no es preocupés pel desastre a la sala, que el netejaria més tard.

Era part dels seus deures acabats de descobrir.

FINAL

XEF SUMISA 2
EL MÀSTER CHEF

75

MICHAEL

77

CAPÍTOL I

Des que era petita sabia que volia ser xef.

Vaig treballar molt dur per fer realitat aquest somni i finalment vaig tenir tot el que sempre vaig voler quan mentre estava servint menjars per a Paul, em va recomanar i vaig aconseguir el lloc de cap de cuina en un dels millors restaurants de Nova York.

Però arribar al cim va tenir els seus efectes secundaris a la meva vida personal.

Als 28 anys tinc molt pocs amics i, encara que he tingut alguns nuvis, amb cap no tenia seriosos interessos amorosos.

Vaig conèixer Michael i el seu germà gran Tony en un mercat local d'agricultors al qual vaig sovint.

Ells eren copropietaris d'un camió de menjar i s'instal·laven al mercat de pagesos cada setmana.

Aproximadament un any després de conèixer-los, a Tony li van oferir un lloc de cap de cuina en un restaurant local i Michael no volia mantenir el camió de menjar tot sol.

Un xef del meu restaurant recentment se'n va anar en aconseguir una altra oportunitat.

Aleshores vaig contractar Michael per reemplaçar-ho.

Treballem molt bé junts des del principi.

Ens les vam arreglar per mantenir una relació de treball tot i que ell m'atreia molt.

La majoria de la gent diria que Michael tenia una aparença normal.

Però vaig pensar que era bonic.

Michael fa aproximadament 1,80 d'alt i pesava potser uns 85 quilos.

Té els cabells curts, desordenats i negres.

Llueix una mitja barba tot el temps i té uns bells ulls de color avellana.

CAPÍTOL II

Després de tancar el restaurant a la nit, Michael, jo i alguns altres del restaurant sovint sortíem, sopàvem i bevíem vi per relaxar-nos després d'un llarg dia de feina.

Ell és realment graciós.

Així que espero poder-ho deixar anar quan arribi el moment.

Michael i jo ens escapolíem a córrer de tant en tant, quan podíem.

M'encanta córrer amb ell.

Sovint no porta camisa i la seva suor brilla al cos.

Penso que m'encantaria passar la meva llengua sobre el seu cos suat.

M'imagino els dos calents i suats mentre estem follant.

Però tenia que sacsejar-me aquests pensaments i concentrar-me a córrer, no en ell.

No em podia barrejar en una relació amb algú amb qui estic treballant ia més és el meu empleat.

De tota manera, no sé si li agradaria.

Mesuro 1,65, pes al voltant de 60 quilos, tinc cabell ondulat fins a les espatlles, algunes pigues i ara faig servir ulleres negres amb muntura.

De cap manera sóc massa prima, podria ser bonica, però no sóc bonica.

No sóc el que anomenaries el somni de tot home, almenys així és com em veia a mi mateixa.

Un dia ens estàvem preparant per sopar i Michael estava sent massa amable amb mi.

Sempre feien broma i la passàvem bé al restaurant, però aquesta nit era diferent.

Tota la nit va trobar raons per tocar-me en excés.

Si ell necessitava alguna cosa que estava a un costat de mi en lloc de caminar per aconseguir-ho, s'aproparia darrere meu i m'acariciaria el darrere.

Quan estava parlant amb un altre xef que estava treballant a l'estació davant de la meva, es va acostar darrere meu i estava tan a prop que podia sentir la calor del seu cos.

Podia escoltar-lo respirar profundament mentre feia olor els meus cabells.

Podia sentir la seva respiració al meu coll, cosa que va enviar calfreds per tot el meu cos.

En una altra ocasió estava buscant alguna cosa a les lleixes altes, el que és un problema comú de les noies baixes com jo, i ell va venir darrere meu per ajudar-me i va fregar la seva entrecuix contra el meu darrere.

En aquell moment no estava segura del que havia passat.

Però jo ho estava gaudint.

Em vaig imaginar que em forçava, allà a la cuina, i em follava per darrere.

Només de pensar això va fer que em mullés.

Vaig intentar no deixar que s'adonés que ho estava sentint i estava resant perquè ningú més ho notés.

Havia de mantenir el control de la cuina i com més em tocava, més difícil resultava concentrar-se a treure aquests plats a l'hora del sopar al moment oportú.

Me les vaig arreglar per passar pel servei amb tot servit bé ia temps.

CAPÍTOL III

Estàvem tancant a la nit i Martin, un rentaplats, va sortir deixant-nos a Michael ia mi per acabar de netejar.

El meu cap trontollava després d'un servei tan ocupat i a sobre, Michael va tenir les seves mans i la seva entrecuix sobre mi durant tota nit.

Em preguntava de què es tractava tot això de totes maneres.

Mai no ha estat tan físic amb mi abans.

Fem broma i ens prenem els cabells, però mai res físic.

Havíem acabat a la nit i ens dirigiem a trobar-nos amb altres companys de feina i xefs al nostre lloc favorit per sopar i passar l'estona després de la feina.

Usualment només caminàvem cap allà ja que estava a només un parell de quadres de distància.

Vaig tancar la porta i vam començar a caminar pel carreró i vaig sentir que Michael em va posar la mà a l'esquena mentre parlàvem.

Això està bé, vaig pensar, res no perjudicial aquí.

Probablement només m'estigui cuidant.

Vam seguir caminant i la seva mà es va moure més avall cap al meu darrere i el va prémer.

Em vaig girar i li vaig cridar.

"Michael, què estàs fent? M'has estat posant les mans a sobre tota la nit! He mirat d'ignorar-ho pensant que t'aturaries o que potser no t'has adonat del que estaves fent. Però això... això ja és obvi".

Ho vaig dir mirant-ho amb la meva millor mirada d'ara m'has de respondre.

Michael va mirar al seu voltant com si estigués tractant de trobar les paraules per explicar-ne el comportament.

Aleshores finalment va parlar.

"Cristina ... m'agrades des que ens vam conèixer al mercat d'agricultors. Però mai no vaig poder tenir el valor de dir-t'ho. No vaig pensar que donaries una oportunitat a un paio com jo". Michael va explicar.

Interrompent-ho, li vaig preguntar:

"Llavors vas pensar que em podries dir que estaves interessat en mi prement el meu darrere?"

"Ho sé, però he tingut notícies que tens una faceta submisa, Cristina, ho sento per això t'acariciava el darrere". Va fer una pausa i després va continuar: "I aquest matí, a la nostra carrera, semblaves estar tan calent que em va costar tot el que vaig poder no portar-te a un lloc apartat al parc i cardar-te allà mateix. Penso en tu tot el temps". "

Estava anorreada.

Michael pensant en mi i tenint sexe amb mi?

Es va adonar que sóc submisa i m'agrada la dominació?

Com pot ser?

Ell pensa que sóc sexy i vol follar-me?

I després de tot aquest temps m'ho diu així?

He estat ocultant els mateixos sentiments per ell, perquè tenia por del rebuig i ell també temia fer-ho.

Em vaig sentir perduda a la seva declaració, però també em vaig sentir alliberada.

Podrem fer això?

Michael després em va acostar a ell i em va mirar als ulls.

Era com si estigués buscant acceptació i aprovació.

La seva boca es veia tan deliciosa, els seus ulls cremant profundament a la meva ànima.

Aleshores va passar.

CAPÍTOL IV

Michael va entrellaçar la mà en els meus cabells i em va acostar encara més i em va besar.

Va ser un llarg, dur, apassionat i molt calent.

Em vaig apartar i em vaig sentir desmaiada per l'emoció.

Podia sentir el meu cor bategar amb força.

"Michael, he volgut això per tant de temps. Tu també em vas agradar des del moment en què ens vam conèixer i no vaig pensar que em donaries una oportunitat. Després ens vam fer tan bons amics que no volia arruïnar això". Vaig dir.

"Cristina, durant aquest temps treballant junts, he vist com et fas càrrec a la cuina, exigeixes respecte i el personal t'ho dóna perquè t'ho mereixes. Tots t'estimen. Ets la reina de la cuina. Ets una perfecta Domme . Ets adorable!M'encanta la manera com fiques els cabells darrere de les teves boniques orelletes.M'encanta la manera com cantes per a tu i balles quan no creus que algú estigui a prop o escoltant".

Michael va suplicar.

"Si us plau, no pensis tan poc de tu mateixa. Perquè jo no ho penso així".

Després, abans d'adonar-me del que estava fent, ho vaig atreure cap a mi i novament ens besàvem.

Les nostres mans estaven una sobre laltra.

No ho vaig poder resistir més.

Jo ho volia a ell.

Ho necessitava

ARA!!

Mentre ens besàvem i tocàvem, Michael em va posar contra la part del darrere de l'edifici.

Em va treure l'abric de xef méntre em feia un petó i llepava l'orella i després el coll.

Les seves mans van baixar als meus pantalons i els va obrir i lentament els va descordar.

Vaig posar les meves mans sobre les espatlles per estabilitzar-me.

Es va agenollar i mentre em treia els pantalons va besar el meu estómac, baixant fins als meus malucs, després les meves cuixes internes.

Finalment em va treure els pantalons i els va llançar juntament amb el meu abric.

La meva ment anava a mil per hora, el meu cor bategava ràpidament.

No podia creure que això finalment passés.

I de tots els llocs on pogués ser era darrere del restaurant i en un carreró fosc.

Però ja no m?importava.

Tenia tantes ganes de tenir Michael dins meu.

El meu cony començava a bategar i mullar-se.

Michael després em va mirar amb ulls desenfrenats i va dir:

"Estàs segura d'això Cristina? Podem parar en qualsevol moment que vulguis. Només digues-me, d'acord?"

Intentant recuperar l'alè, li vaig assegurar:

"No havia estat mai tan segura de res en la meva vida".

CAPÍTOL V

Va començar a besar-me les cuixes internes.

Deixant un rastre de suaus i tendres petons.

Quan va arribar al meu cony mullat, va respirar fondo i el vaig poder veure somriure.

Va enganxar els seus dits sota les meves calces vermelles i els va lliscar cap avall per treure-les del camí del que ho esperava sota.

Després va començar a besar tot el meu cony, però sense tocar-ho encara.

Em vaig adonar que s'estava divertint burlant-se de mi.

Finalment, després d'uns minuts d'això, va enfonsar la seva llengua entre els plecs del meu cony mullat i va llepar els sucs que l'esperaven.

Vaig posar les meves mans als cabells i ell va aixecar la cama sobre una de les espatlles per tenir un accés més fàcil.

Es va sentir tan bé.

Estava devorant el meu cony.

Va començar un ritme de xuclar primer el meu clítoris, i després amb la llengua fotre el meu forat anal, i després llepant des del meu forat mullat fins al meu clítoris i començant de nou.

Ho va fer una vegada i una altra.

Se sentia tan bé.

Tenia ganes que em fiqués la llengua i els dits dins l'anus.

Que em posés contra la paret i em forcés durament ficant-me la seva polla per darrere.

Però mai abans no m'havien menjat així.

Michael era molt bo i vaig gaudir cada minut.

No sabia quant més podria suportar fins a córrer-me.

Després em va ficar un dit, lliscant cap a dins i cap a fora mentre xuclava el meu clítoris.

Això va continuar per un parell de minuts més.

I ja no em vaig poder aguantar més.

"Michael, em correré si no t'atures!"

No va parar, va ser implacable.

Em vaig adonar que volia que em corregués.

Així que finalment me'n vaig deixar anar.

" Aaahhhh , fotre Michael!" Gemí, mentre em corria per tota la cara.

El meu cos es va convulsionar quan onades de plaer es van apoderar de mi.

Michael no va perdre una gota dels meus sucs, mentre s'aferrava a mi.

Mentre començava a aixecar-se per posar-se a la meva altura, va començar a besar el seu camí de tornada al meu melic, després em va treure lentament la camisola negra.

Vaig començar a posar-me nerviosa que algú ens escoltés.

Vaig mirar a banda i banda, però no vaig veure ningú.

Ja m'havia tret el sostenidor vermell.

Els meus pits de copa C encaixen perfectament a les seves càlides mans mentre els estrenyia.

Ell va començar a xuclar els meus mugrons erectes.

De tant en tant els mossegava lleugerament, enviant un raig de plaer al meu cony.

Va treballar en els meus dos pits mentre jo estava esgarrapant la seva esquena i el seu bell darrere.

No sé per què havíem esperat tant per dir-nos com ens sentíem i ara estem en un carreró fosc preparant-nos per follar!

Això es va tornar massa per a mi, així que me'l vaig acostar i ho vaig besar.

Podia assaborir-me a la boca.

Era dolç i se sentia molt brut i excitant estar gaudint els meus sucs amb ell.

Vaig començar a perdre'm a l'abraçada.

Vaig sentir com les nostres ànimes es connectaven d'una manera que mai abans no havia sentit amb ningú.

Interrompent els meus pensaments, de sobte em va capgirar i em va posar davant de la paret de maó.

Vaig ficar el meu darrere prement la seva entrecuix, pregant-li que ja fes el que més ganes havia de volia.

Va estendre les cames i es va descordar els pantalons.

Podia sentir-ho fregant la seva gran polla palpitant amunt i avall del meu cul i després cap al meu cony.

Parant a l'obertura del meu sexe.

"¡ Michael, si us plau, agafa'm ara per darrere!" Jo li vaig pregar.

"És això el que vols puta? Cristina, digues-m'ho, prega perquè et folli pel cul"

Va començar a submergir lentament la punta de la seva polla al meu forat atapeït i mullat el seu dit amb els meus sucs, després va tornar a sortir.

Burlant-se de mi.

La seva falta de respecte em va excitar com mai.

"Sí, si us plau, Senyor. Folla'm. Folla'm dur. Molt dur". Vaig dir mentre em feia una mica la volta i el mirava.

Els seus ulls estaven plens de passió i luxúria, per a mi.

De sobte es va estavellar contra mi una vegada.

Donant-me tot el que tenia, els vint centímetres dins del meu cul!

Es va sentir tan bé.

No podia creure que gran i dolorós que es va sentir dins meu.

Omplint-me del tot.

"¡ Aaahhhh , fotre! Sí, sí, sí! ¡Dóna-m'ho! més dur! ¡Folla'm més dur! Dóna'm nalgades!"

Em va començar a donar cops de mà a les natges mentre m'encastava dur contra la paret.

La seva polla va lliscar gairebé del tot dins del meu anus per la forta empenta que em va donar.

Després la va començar a treure i deixant sol el cap endins i va tornar a estavellar-se contra mi.

Ho va fer així diverses vegades.

Cada vegada feia mal menys i el plaer cada vegada era més increïble.

Vaig recolzar els meus braços contra la paret per poder seguir aguantant que em prengués amb aquesta força.

Mentre sostenia la meva cintura amb una mà i la meva espatlla amb l'altra, va continuar follant-me fort.

Després va baixar la velocitat i vam començar un ritme.

Vaig retrocedir trobant cadascuna de les seves empentes.

Era hipnòtic i se sentia molt bé.

Després em va treure la mà de l'espatlla, em va tocar el clítoris i va començar a treballar-lo mentre seguia follant-me el cul.

Vaig sentir que ja em correria de nou.

Però devia haver sentit els meus músculs tensar-se i es va aturar.

"Encara no et pots córrer, puta, vull córrer-me amb tu aquesta vegada Cristina".

Michael em va xiuxiuejar les obscenes paraules a l'orella, mentre treia la gran polla del meu anus dilatat.

Després es va agenollar i va començar a besar el meu darrere, començant al començament del meu cul i acabant en el meu forat dilatat.

Això em va prendre per sorpresa.

Cap dels meus nuvis o companyies anteriors, tan pocs com eren, havia intentat besar-me el cul.

Però sempre m'havia preguntat com se sentiria.

Ara tinc la meva oportunitat.

Va prendre el control complet sobre el meu cony i també sobre el meu darrere.

Treballant l'anus amb la seva llengua, després ficant un dit, després dos.

Lentament prenent el seu temps per preparar-ho per a ell.

Va aixecar la mà i va començar a jugar amb el meu clítoris.

Se m e estaven debilitant els genolls.

Tota aquesta estimulació se sentia molt bé, però també era aclaparadora.

"Michael, per favor! No podré suportar gaire més d'això. Dóna'm el que tens i fes que em corri!" Li vaig demanar, panteixant de luxúria. "Però fes-ho dur, vull em dominis. Que facis el que vulguis de mi".

Michael em va mirar amb sorpresa i em va donar el que volia, allò que tots dos volíem.

Primer va ficar la seva polla al meu cony mullat per lubricar-la de nou.

I llavors vaig poder sentir-ho al meu forat de nou. Ràpidament va empènyer el cap i sense esperar que estigués llesta va introduir tot el seu membre dins meu. Ja va doldre moltíssim, però, fotre, es va sentir super bé.

Em va sentir posar-me en tensió i ràpidament va començar a balancejar-se cap endavant i cap enrere, donant-me més i més profunditat cada cop.

Cada cop més fort, més salvatge.

Estava super calenta.

Sentia com reprenia les natges, donant-me un cop de mà cada vegada que ficava la seva gran polla dins meu.

Es va sentir exquisit!

Em va sentir tensar-me més i va començar a follar-me més fort encara.

Sostenint la meva cintura amb les dues mans, va lliscar més i més dins meu fins que vaig poder sentir les seves boles colpejant contra el meu cony mullat.

Se sentia tan bé.

Vam augmentar la velocitat i ho estava prenent tot.

Em vaig sentir tan plena.

Va colpejar el meu cul castigat i envermellit una vegada i una altra.

" Ooooohhhh ... Aaahhhh ... Fotre Michael ... que polla tan dura tens. Se sent tan bé, si us plau no paris". El vaig pregar.

"Puta, no tinc plans de parar aviat. Et sents massa bé i he esperat molt de temps per això. Et follaré fins que et desmais". Michael va xiuxiuejar mentre em donava una nalgada més.

Però les paraules van ser el detonant.

Ell va començar a follar-me encara més fort ia jugar amb el meu clítoris novament.

Simplement no podia esperar més i vaig començar a córrer-me fort.

Sortien paraules de la meva boca que ni tan sols estic segura que fossin coherents.

Podia sentir-ho bombar més ràpid i la seva polla inflant-se dins del meu cul.

Després va deixar anar la seva càrrega al meu darrere, omplint-lo.

Després filtrant-se del meu darrere, barrejant-se amb els meus sucs que corrien per les meves cuixes.

Va bombar un parell de vegades més assegurant-se de deixar-ho tot dins meu.

El meu cos es va recargolar d'exquisit plaer.

Quan tots dos acabem de gaudir dels nostres tan esperats orgasmes, vam caure a terra.

Em vaig asseure allà a la falda donant-me la volta i intentant besant el seu rostre.

Em va mirar els meus ulls i jo els seus bells ulls color avellana.

Tots dos incrèduls pel que fa al que acabem de fer.

Lentament va lliscar fora del meu darrere.

CAPÍTOL VI

Al cap d'una estona, Michael em va posar els cabells darrere les orelles i em va dir:

"Cristina, lamento tant que em prengués tant de temps dir-te com em sento. Però m'alegro que sentis el mateix per mi. Mai he sentit això per ningú tant com amb tu."

Quan les llàgrimes van començar a córrer pel meu rostre, ja que mai abans m'havia sentit tan feliç i compresa, vaig dir l'únic que vaig poder.

"Sento el mateix!"

Seiem allà per un parell de minuts més abraçats, fins que escoltem que algú baixava pel carreró.

Ens afanyem a vestir-nos i correm cap a una altra banda abans que algú pogués veure'ns, partint-nos de riure.

Quan vam arribar al restaurant per passar l'estona amb els amics, tothom ja estava molt emocionat.

Van preguntar on havíem estat i se'ns va acudir alguna excusa.

No crec que hagin notat els grans somriures ximples a la nostra cara o s'hagin adonat que ens havíem follat a fons.

No puc esperar per arribar a casa amb Michael per tornar-ho a fer així de dur.

FINAL

95

XEF SUMISA 3

97

LYDIA

99

CAPÍTOL I

Tot ha estat un remolí durant les darreres setmanes.

Fa unes setmanes estava fotent amb Michael només en la meva imaginació.

Però des de la primera trobada sexual de Michael amb mi al carreró darrere del restaurant, tot havia canviat.

El que una vegada passava només en els meus somnis, ara havia passat a la vida real moltes vegades.

A més de l'increïble i dominant sexe, Michael em fa sentir especial, bonica i desitjada com mai abans.

Vinc d'una gran família, que em vol molt.

Però m'han d'estimar i dir-me que sóc bella.

Michael no necessita dir-ho!

S'assegura que sàpiga que sóc una noia especial per a ell.

Michael i jo passem tant de temps com podem junts.

Dormim gairebé cada nit a l'apartament de l'altre.

En realitat, ell és aquí a casa meva ara mateix.

Ell encara està adormit al meu llit.

Passem una nit llarga i ocupada al restaurant.

Ometem sortir després amb els altres com ho fem habitualment.

També hem aconseguit mantenir el nostre romanç ocult a la feina i amb els nostres amics i familiars.

No planejava tenir una relació amb ningú amb qui treballo.

Vull estar segura que això funcionarà, però no estic segura de com podria afectar la meva autoritat com a cap de cuina.

Així que només vull anar amb compte fins que estiguem llestos perquè tots ho sàpiguen.

CAPÍTOL II

Són les vuit del matí i li estic preparant el seu esmorzar preferit des que era noi, però amb un toc personal.

Això inclou tortitas combinades amb plàtan, pinya i nous, cobertes amb crema batuda, i salsitxes de banda.

I he preparat cafè.

Totes les olors de l'esmorzar es barregen a l'aire fent que faci olor tan bé aquí!

No porto res més que la samarreta i les meves lents, és clar.

El meu cabell és un desastre a la nostra nit anterior de gran fotuda, però vaig tractar de fer servir els meus dits per domar-lo una mica.

Tinc la meva banda favorita reproduint-se per Spotify

Una de les meves cançons preferides està sonant per tota la cuina.

Em balancejo d'una banda a l'altra, perdent-me en la lletra esgarrifosa de la cançó.

"Només saps el que vull que sàpigues. Sé tot el que no vols que sàpiga. La teva boca és verí, la teva boca és com el vi. Creus que els teus somnis són els mateixos que els meus... Oh, no ho sé. No t'estimo, però demà ho faré. Oh, no t'estimo, però en el futur ho faré..."

"Què més pot demanar un home a primera hora del matí?" Michael diu darrere meu, sorprenent-me. "Esmorzar, cafè i una noia sexy amb la meva samarreta" després em xiula.

Em dono la volta per veure Michael parat a la porta de la cuina amb els seus pantalons negres i grisos i amb una mirada desviada a la cara.

Els seus ulls brillaven com el foc, plens de luxúria.

Els seus llavis suaus i deliciosos es van separar lleugerament, llestos per ser devorats.

Puc veure el seu divertit volum que condueix a un lloc deliciós que he arribat a conèixer molt bé.

Se'm va eixugar la boca en veure'l tan divinament.

"Està llest? Vaja, estic molt afamat". Diu amb un somriure diabòlic a la cara.

Ell sap molt bé a què tinc gana per ara i no és al menjar.

I dos poden jugar a aquest joc.

"Si estàs parlant de l'esmorzar, aleshores sí". Li dic mentre em giro i començo a preparar els nostres plats i tasses de cafè. "¿Dormites bé? Sé que jo ho vaig fer. Sempre dormo millor quan ets al meu llit. Especialment després d'un bon sexe!"

"Així ho fas? Vas haver d'haver dormit molt bé ahir a la nit llavors". Em diu ell amb una picada d'ullet i un somriure tort.

Vaja, m'encanta la boca i les coses que fa amb ella.

Camino cap a l'illa de la cuina on Michael s'ha assegut i em sento amb ell a prendre el nostre cafè, després els nostres plats de tortitas i salsitxes.

Quan em vaig asseure em vaig assegurar de tocar-lo lleugerament amb el meu darrere.

"De fet, ahir a la nit vaig dormir molt bé, moltes gràcies. Ara menja, el meu home afamat!"

Seiem un al costat de l'altre, tocant-nos lleugerament de tant en tant.

Vaig agafar un dit i el vaig arrossegar sobre la crema batuda que cobria les meves coques i lentament me'l vaig llepar, observant-ho tot el temps.

El vaig poder veure moure's inquiet i vaig saber que hi estava arribant.

No obstant això, Michael estava intentant amagar-ho.

Vaig agafar un dels meus trossos de salsitxa i vaig començar a xuclar-li el suc.

Estava gaudint cada moment temptador de burlar-me'n.

Això va continuar per uns minuts més, fins que Michael no va poder aguantar més.

Michael es va posar dret i em va capgirar el meu tamboret perquè ell pogués estar aturat entre les cames i mirant-me profundament als ulls.

Vaig poder veure que estava molt excitat.

La seva erecció estava engruixint els pantalons de pijama i s'acostava cada cop més al meu cony ara humit.

Ell comença a pujar la mà cap a la meva cara.

Pensant que m'hi ficaria els cabells darrere de l'orella com sol fer abans de besar-me.

Em va sorprendre que ell continués avançant.

S'inclina cap a mi, pren una mica de crema batuda de les meves coques i em porta el rovell dels dits a la boca.

"Obre-la", exigeix Michael.

És calent com l'infern quan és dominant.

Obro la boca i ell llisca el dit.

"Ara, xucla". Ell continua amb la seva veu severa.

Faig el que em diu i començo a llepar i xuclar-li el dit.

Sabia dolça.

Michael va passar la seva altra mà amunt i avall per la meva cuixa.

Cada cop s'acostava més i més a mi cada cop més dolorosa feminitat.

Es posa més crema batuda al dit.

Aquesta vegada col·locant-la sota la meva orella, després el va llepar amb la seva llengua tan suau.

"Aixeca els braços". Michael em diu.

Novament faig allò que ell exigeix.

Després em treu la samarreta pels braços i la llença de banda en algun lloc.

Deixant-me completament exposada.

Els meus pits de copa C ara estan nus i els meus mugrons s'endureixen, ja que l'aire fred del ventilador del sostre els acaricia.

Ell continua posant crema batuda a la meva clavícula, on tinc un tatuatge amb uns petits ocells volant.

Després llepa la crema batuda i després fa un petó a cada ocell.

Això em fa somriure.

Després Michael baixa cap als meus pits blancs i turgents.

Es pren el seu temps per burlar-se de cada mugró, llepant i xuclant un després de l'altre.

La seva boca als meus pits se sent exquisida i començo a gemegar quan els mossega suaument.

Ell continua fregant suaument les seves mans a les meves cuixes internes, cosa que em posa la pell de gallina per tot el cos.

Després m'agafa de la cintura i m'aixeca fins al taulell.

Deu haver mogut el meu plat en algun moment, ni tan sols me'n vaig adonar.

Després torna a posar crema batuda al dit.

Em fa un petó suau i gentil.

Em trontollejo en pensar on va amb el dit aquesta vegada.

Després el llisca lentament en el meu atapeït cony calent.

Tot i això, està sent molt bromista amb aquest joc.

Em pren tot el poder dins meu per no perdre el control.

Però per fi, vaig sucumbir al seu ritme i simplement li vaig permetre que em fes una masturbació del meu cony.

Enredo les meves mans als cabells mentre Michael continua envaint la meva boca amb la seva llengua.

Començo a mossegar i estirar el seu llavi inferior.

L'escolto gemegar.

Michael llisca un altre dit i comença a bombar-los més ràpid i utilitza el seu polze per treballar al meu clítoris.

Això és increïble!

"Michael! Això se sent tan bé. Sí... Segueix així". El vaig pregar.

Prenc una de les meves mans i lentament traça el seu coll, espatlla, pit amb els rovells dels meus dits.

Continua traçant amb la meva mà cap a aquest camí cap avall.

Per aquest sexi sender que em porta a aquest lloc on estimo!

Li descordo el cordó dels seus pantalons de pijama i llenço suaument mentre cauen a terra.

Michael en surt i els expulsa.

Començo a tocar a les palpentes el cul perfecte.

Li passo les ungles per l'esquena i torno a baixar per trobar novament el camí feliç.

Aquesta vegada ho vaig seguir tot el camí i vaig embolicar les meves petites mans al voltant de la seva gran polla dura i vaig començar a bombar-la.

Com més ràpid bombament el seu membre gros, més ràpid els seus dits treballen al meu cony.

" Cristina ets tan fotudament sexy. Ho saps oi?" Va dir mentre seguíem besant-nos i mentre seguia fotent-me i jugant amb el meu clítoris.

"Sí, estic començant a creure això. Però tu em fas sentir sexi". Vaig confessar mentre estava lluitant per endarrerir un orgasme que sentia créixer dins meu.

Michael va haver de sentir que estava a punt de venir-me ja que ràpidament va retirar els seus dits i va enfonsar el seu rostre al meu cony a punt de tenir un orgasme.

Estava xuclant el meu clítoris amb força i treballant amb la seva llengua als meus llavis.

Quan vaig començar a córrer-me, va continuar llepant els sucs que fluïen de mi.

Em vaig aferrar al cap, mantenint-lo al seu lloc al meu cony mentre cridava en èxtasi.

Va continuar llepant i xuclant quan el meu cos va començar a recargolar-se mentre onades de plaer escombrarien el meu cos.

CAPÍTOL III

Quan el meu cos va començar a calmar-se, Michael em va mirar amb una brillantor als ulls i un gran somriure a la cara i va dir:

"És el meu torn!"

Michael em va agafar per la cintura i em va baixar del taulell.

Assegurant-me d'estar ferm sobre els meus peus, abans de seure al tamboret.

"Seria un plaer, senyor!" Vaig dir tímidament, mentre començava a enfonsar-me de genolls sobre ell.

Vaig sostenir la seva enorme polla a la meva petita mà, i després vaig recordar la crema batuda.

Crec que necessita una venjança pel joc abans.

M'aixeco i ell m'agafa.

"On creus que vas?" Ell em diu.

"Vaig decidir que tenia gana d'alguna cosa més que la teva polla". Vaig respondre amb un somriure, mentre buscava la crema batuda al seu plat.

" Ooooohhhh , això serà insuportable i meravellós, tot al mateix temps. Ets molt entremaliada". Michael va respondre, mentre es recolzava contra el taulell.

Després vaig posar una mica de crema batuda a la boca i la vaig besar suaument i vaig lamer la resta dels seus llavis.

Després li vaig posar una mica als mugrons i els vaig xuclar.

Movent-me cap al feliç sender, li vaig posar una mica al seu melic i el vaig llepar per netejar-li-ho.

Després vaig prendre una mica més de crema batuda i la vaig posar al llarg de tot pel camí, cosa que em va portar al meu lloc feliç!

Lentament vaig començar a llepar-lo, endavant i enrere, amunt i avall, fins que em vaig trobar amb la seva gran i bella polla.

A hores d'ara Michael ja estava gemegant i picant-me, però encara no he acabat amb ell.

Prenc una mica més de la crema batuda i la poso lleugerament a la punta, baixant pel membre i la base de la seva polla.

Ho deixo allà mentre sostinc les seves boles i començo a llepar-se-les.

Xuclo cada bola, mentre el veig mirar-me.

Puc veure als seus ulls que ja ha estat torturat prou, així que no continuaré sent dolenta.

Finalment paro atenció al que ell ha volgut que faci, el que em suplica amb els seus ulls.

Començant a la base, m'emporto tota la crema batuda a la boca amb una gran mida.

Després, lentament, envolto la meva boca al voltant d'ell i prenc la major part del membre a la meva boca la primera vegada.

Després, em poso a xuclar el cap tot sol, durant una estona.

"Coll nena! Ets massa bona amb mi! La teva boca és increïble!"

Michael gairebé no pot parlar abans que m'ho porti a la meva boca, tot el membre, de nou.

Aleshores començo un assalt a la seva gran polla.

Xuclant i llepant la seva gran polla una vegada i una altra.

Sóc implacable, el porto a la vora de l'orgasme i després m'aturo.

"Què estàs fent? ¡Estava gairebé aquí! No t'aturis". Va dir amb ulls ardents.

"És que ja no sé si tinc gana. Hauràs de pregar-me si vols que s'acabi". Li vaig explicar mentre movia lleugerament la meva llengua a la punta de la seva polla. "Vols més?"

"Sí, vull que em xucles la polla gran i grossa fins que em facis córrer, llavors vull que beguis el meu semen i t'empassis cada gota!" Ell va ordenar.

Després va continuar suaument:

"Si us plau i gràcies!"

"Està bé, ja que ho vas dir tan amablement, et donaré el que vols".

Aleshores vaig començar a xuclar-li la polla una altra vegada.

Estava baixant a les boles, ja que em va donar nàusees.

Estava molt orgullosa d'haver aconseguit contenir les nàusees i vaig tornar a la càrrega a la gran polla.

Michael es va posar dret i va sostenir el meu cap i vaig poder sentir-lo colpejant la part posterior de la gola mentre em follava la cara.

Vaig agafar el darrere i el vaig subjectar mentre anava cada cop més ràpid.

Podia sentir com començava a inflar-se a la meva boca.

Sabia que s'estava preparant per volar la seva càrrega, així que m'agafaré fort.

"Oohhh, sí, fotre Cristina!" Va cridar mentre volava la seva càrrega que entrava a la meva boca amb gran força.

Mentre prenia tot el seu semen i m'ho empassava, Michael va grunyir i va ordenar:

"Així és, sigues una bona noia i empassa-t'ho tot nena"

Va bombar unes quantes vegades més mentre l'última part de la seva llet se'm filtrava a la boca que esperava les seves descàrregues.

Em va aixecar sobre els peus.

Vaig pensar per a mi mateixa, que havia estat una mamada ben feta.

Segur que la va gaudir molt.

Michael va inclinar el meu cap cap amunt i em va besar amb tendresa i em va fregar lleugerament l'esquena i les espatlles.

Després, donant-me una cachetada forta al cul, em diu:

"Ets una noia molt dolenta, burlant-te de mi com ho vas fer. Però no et tindria d'una altra manera".

"El mateix et dic afecte. T'estimo". Vaig xiuxiuejar a les orelles, mentre fregava la coïssor al meu darrere. "Acabaré d'esmorzar".

Després el vaig besar a la galta i vam acabar l'esmorzar.

CAPÍTOL IV

És així com era la majoria dels dies des que estem junts.

Érem juganers i ens encantava fer broma entre nosaltres.

Però també podríem ser seriosos i tendres.

Crec que la varietat i la diversió és allò que fa una gran parella.

Almenys des de la meva experiència limitada, això és el que sembla que funciona entre nosaltres.

Més tard aquell mateix dia, Michael i jo vam anar al restaurant a preparar-nos pel dia de feina.

Estava als núvols.

Primer de la gran follada de la nit anterior i ara del juganer demà que vam tenir.

No vaig poder evitar somriure.

Mai he estat més feliç a la meva vida.

Després de preparar els plats per sopar, era hora de fer conèixer el menú d'aquesta nit als cambrers.

Quan vaig sortir al menjador em vaig aturar en sec.

Allà, a taula amb la resta del personal i el propietari, s'asseia una nova cambrera.

Era alta i, per la seva constitució atlètica, em vaig adonar que es cuidava molt bé.

Té uns ulls blaus foscos que s'assemblaven a l'oceà, llavis vermell robí i llarg cabell ros arrissat.

Em vaig sentir enrojolada immediatament.

Necessitava compondre'm per poder explicar-los sobre el menú del sopar.

Mentre explicava els diversos plats al personal i mentre ho assimilaven tot, intentava no mirar la nova cambrera.

Però veure-la posar la forquilla del meu menjar a la boca i veure-la gaudir- la era molt calenta.

Em va atreure la boca i la manera com es llepava els llavis després d'alguns mos.

La manera com tancava els ulls, gemegant lleugerament i inclinant el cap enrere era molt ardent.

Era gairebé com si estigués tractant de ser sensual al costat.

Finalment ho havien provat tot i podrien parlar amb els clients sobre el menú d'aquesta nit amb experiència de primera mà.

No podia sortir pel front del local prou ràpid.

Així que vaig sortir per la porta del darrere per refredar-me una mica després... després... bé, fos el que fos.

Vaig decidir simplement raspallar-m'ho una mica.

Potser només són les meves hormones o alguna cosa així.

No és gaire.

Després vaig tornar a dins per començar el nostre ocupat servei.

No podia esperar per sortir i reunir-me amb la multitud habitual d'amics i companys de feina al restaurant per sopar.

Tenia els nervis a flor de pell i necessitava descansar.

CAPÍTOL V

Al final de la nit, Michael em va fer un petó i em va dir que no aniria al restaurant a sopar aquesta nit.

Té algunes coses a fer al matí i necessitava anar-se'n al llit aviat.

Així que me'n vaig anar sola al restaurant.

És el típic restaurant estil anys seixanta.

Tenen una màquina de discos de vinil que toca música a l'atzar.

I tenen les millors hamburgueses i papes fregides!

Realment dóna al clau després d'una llarga nit ocupada.

Quan hi vaig arribar tot estava força mort.

Hi havia un parell de vells que són habituals aquí, al taulell prenent cafè i menjant pastís.

En una cantonada hi havia uns adolescents que no havia vist abans.

Després hi havia el nostre grup boig.

"Hola a tots!" Els crido des de la porta quan els veig a la nostra taula habitual.

Tots eren allà.

El germà de Michael, Tony, Frankie, un xef d'un altre restaurant, John, un cuiner, i Julia, una cambrera, tots dos del restaurant... i... Déu meu, és ella!

És la nova cambrera.

Com, per què, què ...

Ni tan sols puc completar els meus pensaments quan començo a sentir que les galtes s'escalfen i el meu cony comença a formiguejar.

Suposo que la Júlia l'ha d'haver convidat a venir.

Aquesta serà una nit interessant.

Veurem com va això.

Espero no fer el ridícul.

Estic pensant tot això mentre busco on asseure'm.

Aleshores la nova noia es posa dreta.

"Hola, em dic Lydia, la noia nova. Pots seure al meu costat si vols". Ella em diu, amb un accent del sud i un somriure agradable.

Miro la boca mentre ella em parla.

Després m'agafa la mà i suaument, estira de mi cap a la taula.

"És clar, suposo. És un plaer conèixer-te oficialment, Lydia. Sóc Cristina". Li vaig dir a ella.

Així que em llisco al gran gabinet de la cantonada on estava asseguda Lydia i ella s'asseu al meu costat.

El germà de Michael, Tony, al meu costat dret i Lydia és al meu costat esquerre.

Frankie, John i Julia són davant meu.

Tots demanem el nostre menjar i begudes.

La Lydia ens explica sobre ella.

Ella és d'algun lloc al sud, cosa que és obvia pel seu accent.

Es va mudar aquí per sortir de la seva petita ciutat plena d'un munt d'interessos ocupats a la seva vida personal.

No li agrada que la gent consegui tots els assumptes, va dir.

Després, immediatament va posar la mà sobre la cama i la va prémer, cosa que, per descomptat, em va donar calfreds.

Què està intentant dir?

Em sembla que hi ha un missatge ocult aquí a algun lloc.

Estem parlant de coses de feina i de la vida en general.

Aleshores Frankie comença a explicar-nos una història hilarant sobre una noia amb qui va sortir recentment, i que va sortir terriblement malament.

Quan Frankie explica la seva història, Lydia comença a fregar la mà contra la cama.

Amunt i avall lentament apropant-me a les meves cuixes internes i després més a prop del meu cony ara mullat.

Déu meu, el seu toc se sent tan bé.

Miro al meu voltant i per veure si algú s'adona del que fa, però veig que no.

Gràcies a déu.

Però com em puc sentir així?

Estimo Michael i creia que no m'agradaven les dones.

Però ella em té ara tan acalorada.

Continuo imaginant-la al meu llit, besant-me... llepant-me...

"Wow! Tot això es veu tan bé nois. Tots vostès han trobat una joia de lloc!" La Lydia diu, interrompent els meus pensaments per l'arribada del menjar.

Alleugerida que el menjar sigui aquí, començo a menjar la meva hamburguesa i papes fregides.

Tant de bo Lydia em deixi en pau ara.

Tot i això, aquest no és el cas.

Encara que ja no té la mà sobre la cama, s'està llepant el suc i la sal dels seus dits, molt lentament.

M'adono que Frankie i Tony l'estan mirant.

Em refereixo que la nena està xuclant i està fent un dinar amb els dits.

Ens està demostrant que té unes habilitats de succió boges i que ara són òbvies.

Ella em té tan distreta i excitada.

Tot just puc menjar el meu menjar.

Finalment, tots van acabar i Frankie intenta que Lydia se'n vagi amb ell.

Però Lydia ho rebutja amb el seu encant del sud.

Aleshores ell i Tony se'n van, de manera que semblen ser algunes molèsties després d'aquesta exhibició que Lydia acaba de fer.

Julia mira a John, porten un parell de mesos junts, i diu:

"Estàs a punt per anar a casa meva? Sé que jo ho estic!" Ella diu amb una promesa clara als seus ulls.

Després se'n van junts.

"Bé, Lydia, aniré a casa. Va ser agradable sortir amb tu. Hauries de tornar amb nosaltres . Crec que vas ser un èxit!" Li vaig dir a ella.

Llisco fora del gabinet i em dirigeixo a la porta.

"Sí, crec que tornaré. ¿Vaig caminar fins aquí? Si és així, puc caminar amb tu. Visc molt a prop, molt a prop del restaurant, però en realitat no m'agrada estar sola a aquesta hora de la nit". La Lydia em confessa mentre em segueix fora del restaurant.

Sembla temorosa, però hi ha alguna cosa més que aquí, però no estic segur de què.

"És clar, visc a una quadra del restaurant, així que això és perfecte". Li vaig dir a ella.

Després m'agafa la mà i em diu gràcies.

Mentre caminem, ella m'explica més sobre la família a casa.

També li explico el meu.

Vam tenir vides força similars mentre creixíem.

És molt agradable parlar de coses amb algú que entén la vida d'un poble petit.

Quan ens posem davant de casa, ella em deixa anar la mà i es torna cap a mi, col·loca les seves mans al voltant de la meva cintura i diu:

"Bé Cristina, gràcies per acompanyar-me a casa. Ha estat agradable parlar amb tu i conèixer-te més. No obstant, m'agradaria conèixer-te encara millor".

Després s'inclina i em fa un petó.

La boca és tan suau i gentil com m'imaginava.

La seva llengua va envair la meva boca quan la vaig obrir per convidar-la a entrar-hi.

Sap cireres.

Em perdo al petó.

Les mans em toquen el cul i m'empenyen cap a ella.

Però ràpidament arribo a la realitat i m'adono del que estic fent.

No ho puc fer, no a Michael.

Així que m'allunyo i li dic:

"Sento haver-te donat peu o alguna cosa així, però tinc un nuvi que estimo molt i simplement no puc fer-li això. Crec que ets bella i realment agradable. Però... simplement no puc".

"Cristina, ets una noia encantadora i no em sorprèn que vegis algú. Em sorprendria que no fos així realment". La Lydia em contesta.

No sé què pensar-hi.

"Si saps que estic amb algú, per què m'incites ?"

Li demano que es faci enrere.

"Cristina, vaig notar la teva reacció cap a mi durant la degustació del menú. Et vaig veure observant-me i com t'enrojolaves. Després em vas deixar fregar la cama al restaurant".

Ella comença a fregar el seu dit sobre els meus llavis.

Després continua:

"Sé que estaves pensant en mi. Pensant en el que vols que et faci. Volies que et fes un petó així".

Aleshores ella planta un petó al meu coll.

"Vols que et toqui".

Després col·loca una de les seves mans al meu darrere gairebé al meu cony.

"Vols que et llepa, aquí"

Després va col·locar la seva altra mà sobre el meu cony i va començar a acariciar-ho.

Estic gaudint del que m'està fent.

Petant-me el coll, jugant amb el meu cul i ara amb el meu cony!

Se sent tan bé, però entremaliat i audaç alhora.

"Sé que em desitges Cristina, i està bé deixar-ho anar i permetre que passi. Si us plau, vine amb mi. No et faré fer res amb el que no et sentis còmoda. Ho prometo".

Ella pren la meva mà i la segueixo.

És com si les seves paraules m'encantessin.

Ella em té tan en zel en aquest moment.

Sóc massilla a les mans.

CAPÍTOL VI

Entrem al seu apartament i ella posa una mica de música.

Era 30 Seconds to Mars, la meva banda preferida!

No m'ho podia creure.

La cançó era " The Kill ".

El so inunda la sala d'estar.

Tanco els ulls i començo a balancejar-me cap endavant i cap enrere a la lletra.

"T'agrada aquesta cançó Cristina?" La Lydia pregunta mentre em fa una copa de vi blanc.

"Sí, en realitat 30 Seconds to Mars és la meva banda favorita!" Li dic mentre s'asseu al meu costat al sofà.

Seiem i bevem el nostre vi i escoltem la cançó.

Lydia va deixar el seu got sobre la taula i després em pren el meu per també deixar-lo a taula.

Ella encén unes espelmes que són sobre la taula.

Després torna la seva atenció cap a mi.

Ella comença a passar el dors de les mans per les meves espatlles, pel meu braç i de nou a les espatlles.

Després porta els dits al meu pit i traça la línia del coll de la meva samarreta morada i besa on eren els dits.

De sobte vaig saber que la volia a ella i només en aquest moment.

Aconsegueixo la barbeta i acosto la cara al meu.

Miro els seus profunds ulls blaus per un moment i després prenc possessió de la boca amb la meva.

Follant apassionadament la seva bonica boca.

Les meves mans estan entrellaçades en els cabells mentre l'aixafa suaument.

"Ahhhhh ..." Lydia gemega a la meva boca.

Lydia comença a treure'm la brusa i després la sustentació negra.

Ella s'atura per llepar-me cada mugró.

Després li trec la samarreta rosa i el sostenidor d'encaix també rosa.

Déu!

Ella realment té un cos increïble i amb pits plens i opulents.

Han de ser com a mínim una copa D, potser doble D.

Prenc els seus pits flexibles a la meva boca i li va xuclar un mugró.

Pessico l'altre perquè no se senti exclòs.

Mentre treballo els seus pits, ella comença a desembotonar-se els texans i després em descorda els meus.

Li deixo anar els pits i la Lydia m'empeny cap al sofà.

Em treu l'alè, es veu tan sexi!

No puc creure que això estigui passant.

No puc creure que senti això tan fort per ella.

La Lydia posa els dits a la meva cintura i baixa els meus pantalons.

Intento ajudar-la, intentant expulsar-los.

Finalment ella estira d'ells i s'alliberen dels meus peus.

Estic al llit allà al seu sofà completament nua, excepte la meva tanga negra.

Ella aixeca el meu peu i comença a xuclar-me els dits del peu esquerre.

Després em besa pel camí fins a la cama, fins a la cuixa interna.

Després comença de nou als meus dits dels peus al meu peu dret i puja per la meva cama fins a la meva cuixa interna.

Suaus i càlids petons escalfen la meva pell.

Estic respirant més pesadament que abans.

Puc olorar les espelmes amb aroma de coco que va encendre abans.

M'encanta l'olor de la platja i ara em recorda els ulls blau oceà.

La miro i ella m'està mirant atentament, mentre deixa un rastre de petons a la meva pell pàl·lida.

Quan arriba al meu cony, primer llepa ambdós costats dels meus llavis exteriors.

Després estira el meu tanga cap a un costat i mou la llengua sobre el meu clítoris inflat.

Ella ho fa una vegada i una altra.

Anant cada cop més ràpid.

Després submergeix la seva llengua als meus llavis interns i comença a llepar.

Ella pren els sucs que ja són presents al meu cony mullat.

Després comença de nou a xuclar el meu clítoris.

"Fotre, Lydia! Oh, Déu meu! se sent tan fotudament ben afecte" Li dic entre respiracions.

M'ajupo i poso la meva mà als cabells i jugo amb els meus pits amb la meva mà lliure.

Però ella pren les meves mans i les col·loca a cada costat de mi i continua xuclant sense perdre el ritme.

Ella és dominant i implacable i això m'excita encara més.

Segueix xuclant i ara els seus dits estan treballant en el meu cony xopat.

No sé com més puc suportar abans de caure cap a l'orgasme.

"¡ Ooooohhhh ! Déu meu!" Crido quan el meu cos comença a tremolar.

La Lydia està intentant agafar-me de les mans mentre em moc sota la seva boca hàbil.

"Està bé, deixa-ho anar. Deixa d'aguantar i troba el teu alliberament". Ella m?anima.

Les seves paraules van ser el que necessitava escoltar i em vaig deixar anar.

Ella va deixar anar les meves mans i em va sostenir el cul mentre continuava menjant el meu cony.

Em vaig començar a venir molt fort.

El meu cos estava convulsionant.

Onades d'èxtasi van començar a banyar-me.

Estava flotant cada cop més lluny de la realitat.

Fins que vaig acabar de l'orgasme més increïble que he tingut a la meva vida.

CAPÍTOL VII

Quan vaig recuperar l'alè, la Lydia em va besar al meu cos, prenent el seu temps als meus pits.

Després va seguir cap amunt i em va seguir besant a la boca.

Podia assaborir-hi els meus sucs.

Sabia tan dolça barrejat amb la seva brillantor de llavis color cirera que vaig sentir que hi era. ara.

L'aroma de les espelmes que es barrejaven m'estava tornant a emocionar.

La vaig agafar i vaig girar perquè estigués sota meu.

La vaig besar amb força, mossegant i estirant el seu llavi inferior.

Això la va fer gemegar.

Em va posar la mà a la cara i em va fregar la galta amb el polze.

Va ser tan dolça i em va fer somriure.

Ens mirem als ulls per un moment.

Aleshores vaig començar a besar-li l'orella.

Mossegant i xuclant lleugerament el lòbul de la seva orella.

Ella comença a taral·lejar.

Em va encantar el so que va fer perquè li agradava el que estic fent.

Vaig començar a moure'm i besar-la pel coll, a través de la clavícula i fins i tot el pit.

Ella està jugant amb els meus cabells.

Lamo entre els seus enormes pits, assimilant la seva olor com ho va fer amb mi.

Després segueixo baixant al seu melic.

Ella té un estómac atapeït amb abdominals increïbles.

Li llevo el melic i li fico la llengua.

Després començo a moure'm més al sud.

L e petó als malucs i després a la petita pista d'aterratge que condueix al seu cony mullat.

Respiro fondo i ella fa molt bona olor.

El seu taral·leig es fa més fort quan porto la meva primera llepa al cony d'aquesta dona.

Ella sabia dolça com un préssec.

Vaig aixecar la vista per veure si ho estava gaudint, i tenia els ulls tancats, la boca oberta, i em vaig adonar que estava panteixant.

Sembla que ella ho està gaudint.

Continuo llepant i explorant el seu cony amb la meva llengua.

Trobo el seu clítoris i el colpejo amb la llengua ràpidament i després començo a xuclar-ho.

Les mans de Lydia immediatament van al meu cap mentre ella m'indica que continuï.

Així que segueixo xuclant el seu clítoris.

Després llisco un dit al seu cony.

És molt atapeït.

No puc evitar preguntar-me si mai ha estat amb un home abans.

Treballo el seu cony fins que l'afluixo una mica i després llisco un altre dit.

Continuo xuclant i llepant el seu clítoris mentre la follo amb els meus dits.

Després vaig posar el meu polze en el seu atapeït forat del cul i començo a fregar-lo.

Això continua per un temps i començo a sentir-la tremolar.

Sé que és a prop, així que realment començo a bombar més ràpid els meus dits dins i fora del seu atapeït cony.

Xuclo més fort el seu clítoris i frego el seu cul més ràpid.

S'aferra al meu cap amb més força i comença a empènyer la pelvis mentre es posa dura.

Els seus sucs comencen a sortir-ne i prenc tot el que puc atrapar amb la meva boca.

Ella comença a baixar del seu orgasme pel que acaricio lleugerament el seu cos mentre ella comença a recargolar-se.

M'aturo.

Aixeco la mà i la petó.

"¡Això va ser increïble Lydia! ¡Em va encantar veure't venir-te així!" Li vaig dir.

"Estàs segura que no t'interessen les dones? El que és segur és que saps com fer servir aquesta boca teva!" Ella em va preguntar.

"No, no m'interessaven. ¡Però espero que tampoc sigui l'última vegada que ho faci!". Li dic amb un somriure lasciu al meu rostre juntament amb els seus sucs.

"Jo espero que tampoc. Vull que em facis això moltes vegades més!" Lydia va dir amb un somriure satisfet.

FINAL

129